ない本、
あります。

All these books are fiction.

能登崇
Not Takashi

大和書房

落ちる
泥酔探偵
梅雨が続けば
傾いた惑星
Tilted planet
第七夏季の男
¥570
七倍梅干し弁当
定価五百七十円

はじめに

本を読むのは大変だ。

もし読めない本があれば、気楽で愉快な存在になれるかもしれない。『ない本』はそんな考えのもと生まれた。

写真を一枚もらう。そこにタイトルと著者名を載せて、デザインすれば本の表紙になる。あらすじを考えて、裏表紙もつくる。印刷してカバーとして巻けば、見た目は本になる。中身はすべて白紙なので、読むことはできない。これが『ない本』だ。

物語の元になる写真をインターネットで募り、制作した『ない本』を公開したところ、幸運にも多くの人の目にとまり、一冊の本として生まれることになった。

しかし、ここで大きな問題に直面する。読めない本は、本ではないのだ。

そこで今回『ない本』を本にするために、本文としてショートショートを書き下ろしている。あなたに手に取って、楽しんでもらうために『ない本』は読める本に姿を変えた。

一枚の写真から生まれた表紙とあらすじ、そしてショートショートをお楽しみください。

ない本、あります。
目　次

ない-ほん【ない本】（名詞・造語）

①存在しない本。
②投稿された1枚の画像を元に空想を広げ作成された、架空の文庫本のこと。
③存在しないため、読みたくても読めない「ない本」のこと。
④本文が読めるようになった「ない本」も存在し、それが本書である。

送られた画像で「ない本」をつくります。

画像提供者　@urayuki3373

桜望梅
ume sakuramochi
傾いた惑星
Tilted planet
膝掛炒飯文庫

ハードウェアエンジニア・鍬原耕記がある朝目覚めると、部屋が66.6度傾いていた。片付けもそこそこに外に出た鍬原が直面したのは全てが傾いた世界だった。報道で知るのは地球そのものが傾くという受けいれがたい事実。問題なのは物理か認識か『球体が傾く』という事象の調査を開始した耕記だったが……。抗えないものに対し人類に必要なのは解決か適応か？葛藤と決断を描いた日本SFの傑作。

9A76549999000
12B4560005009
定価：本体714円（税別）
https://twitter.com/nonebook
FICT ￥714E

桜望 梅 Ume Sakuramochi

1970年、東京都世田谷区生まれ。高校時代からSFファン活動を開始し、仲間には後の装丁家の道山遙歌や、作家の妹本知寿子がいた。大学卒業後、夕栄社に入社。SF作品の刊行に携わり文芸誌「松」の創刊に尽力する。退社後に作家として活動を開始し『傾いた世界』で第19回渦巻銀河賞を受賞。

雑多で あたたかい
膝掛炒飯文庫

傾いた惑星

桜望梅

プロローグ

お気に入りの目覚まし時計が故障していたのは、運がよかったのかもしれない。

人類にとって決定的な出来事が起きたその日、鍬原耕記は鈍い痛みで目を覚ました。ベッドから滑り落ちて頭をうったのだ。いつもなら枕元に金属製の目覚まし時計があったのだが、音が出なくなったので修理のためにデスクのうえに移動させていた。その目覚まし時計も鍬原と同じく、デスクから滑り落ちていた。

ベッドから落ちた原因は、寝ぼけていたからではない。ベッドが斜めに傾いているのだ。いや、ベッドだけではない。部屋そのものが傾いている。かつて壁だった部分が床に、床だった部分が壁のように感じられるくらいの傾きだ。ベッドもデスクもすべて部屋の片側に寄っていた。幸いなことに本棚は傾いた下側の壁に設置されていたので、中身もそのままで被害はなかった。

「あれが落ちてきてたら死んでただろうな……」

信じがたい光景を前にして、鍬原はまだ夢を見ているのかと疑ったけれど、さきほどぶつけた部分を触ると感じる痛みが、これが現実だと訴えかけてくる。

鍬原が住んでいるのは、父から受け継いだ一軒家だ。ベッドがあるのは二階。つまり何らかの異変が起きて、真下の部屋が倒壊した可能性がある。

原因を突き止めるには、外に出なければならない。しかしドアは遠く離れた位置にある。助けを呼ぼうにも手元に端末がない。移動しようとすれば、床を這うというより登るような格好になった。滑り落ちたデスクを足場にして、どうにかドアに手を伸ばす。腕の力で身体を持ち上げて部屋の外に出た。

当然ながら廊下も傾いている。時間が経って冷静さを取り戻してきたせいで、むしろ不安は増していた。うっかりドアを踏み抜いて部屋に落ちないように気をつけながら一階を目指して移動する。

「なるほど、階段はこうなるのか」

傾いた階段は、奇妙な光景だった。地面にとげが生えているような見た目になっている。角が痛い以外はむしろ安定して移動できた。

一階の様子は、鍬原が想像していたより、ずっとましだった。二階があれほど傾いているのだから、もっと壊滅的だと思っていたのに、建物自体に損傷は見られない。

「地盤が崩れたのか？」

この土地はそれほど地盤が緩くはなかったはずだが、と思いながら外に出る。

そこにある風景は、地面が傾いていること以外は、ほとんどいつも通りだった。

鍬原の家が傾いたわけではない。辺り一帯の地面がすべて傾いていたのだ。自宅の壁に寄りかかるようにして立つ。周囲に人の姿はなく、車も走っていない。当然だ。

「たすけてっ」

頭上から声が聞こえ、転がるようにして、少女が降ってきた。手を伸ばしたが、掴むことができず、少女はそのまま滑っていってしまった。

鍬原の自宅の前にある道は長い直線だ。どこかで何かに掴まることができればいいのだが、そうでなければ身体中が擦り傷だらけになっているかもしれない。

少女と目が合った気がする。制服を着ていたので、中学生か高校生だろう。鍬原がもし、あのとき結婚していれば、あれくらいの子供がいてもおかしくない。

助けに行こう。本来ならこの場を離れずに救助を待った方が賢明だ。だけど、じっとしていられなくなった。

自宅のなかに戻り、必要な物資を確保する。できるだけ丈夫で動きやすい服を選んで身につける。普段から機能性を重視して物を揃えていたので簡単だ。試しにテレビをつけてみたら、放送はまだ続いている。どの業界にも気合いの入った人間はいるらしい。テレビ局の職員らしき男性が、たどたどしい口調でこの現象が全世界的な規模だと伝えていた。安全なところなど、もうどこにもない。

映像が切り替わり、人工衛星から見た地球の様子が映し出される。地球は球体のままだ。では何がどうやって傾いているのだろう。地軸が傾いたわけではない。ただ地面だけが傾いている。地球は丸いんじゃなかったのか？

遠くから音が聞こえてきた。何かが迫ってきている。ドドドドドドと、その音量が質量の大きさを物語っている。嫌な予感がして、とっさに風呂のなかに飛び込んだ。風呂には窓がない。そのまま音が収まるまでしばらく浴槽のなかでじっと身を固くしていた。

外に出ると、被害はすさまじいことになっていた。部屋の中に嵐が直撃したような様子だ。窓が割れ、いくつかの家具が流されていた。

部屋の中身がすべて濡れて、風呂だけが乾いている。鍬原はしばらく呆然としていた。

雨ではない、川だ。

隣町を流れていた川が滑り落ちていったのだ。水は重力に素直だ。地面が傾いているのなら、下へ下へ流れていく。傾いた地球に底はあるのだろうか。

少女のことを思い出し、慌てて外に出る。下を見るが、様子はわからない。行くしかないのか。まだ生きていてほしい。鍬原は天に願った。地面は傾いていたが、天はまだそこにある。

鍬原はロープを自宅の柱に結び、身体に括り付けた。

きつく結びすぎたのか、妙に苦しい。しかしその苦しみや不安は、これから始まる数多くの物語の予兆でしかなかった。

送られた画像で「ない本」をつくります。

画像提供者　@ayy3210

泥酔探偵

Ramon Shimana

羅門 志麻奈

装弾社文庫

9A7654999000

12B456000509

定価：本体714円（税別）

https://twitter.com/nonebook

FICT　¥714E

泥酔探偵は二度謎を解く——。酒を飲むと記憶を失う体質である小高咲雄は、いつもひどい頭痛と共に目を覚ます。覚えているのは自分が何らかの事件を解決したという実感のみ。自分が昨夜どこでどんな謎を解いたのか、持ち帰った『証拠』と愛用のボイスメモに記録された『証言』から再現を試みる。やがてたどり着く、体質の正体と過去。ミステリー史上最も効率の悪い探偵登場！

羅門 志麻奈　Shimana Ramon

1979年愛知県生まれ。バーテンダー、酒屋を経て2003年小説ルビー誌に短編「よいどれ」を発表しデビュー。同誌に『酩酊指名』を連載中、プレッシャーに耐えきれず失踪。連絡が取れない状況が2年続いたが、連載原稿だけは毎月送られてきたという。2020年急性心不全で急逝。

装弾社文庫

泥酔探偵

羅門志麻奈

第四話　いつも通りの泥酔

いつだって目覚めは最悪だ。

頭のなかに錆びた釘がたっぷり詰め込まれてるんじゃないかってくらい重くて痛いし、喉もカラカラだ。水が欲しい。飲んだ次の日はなぜか鼻づまりが悪化する。

昨日の自分が何らかの事件に遭遇していてもしていなくても、最悪な気分に変わりはないが、どうやら何かしらの謎を解いたらしい。

二十畳ほどのワンルーム、中央のデスクの上にメモがあった。

『目が覚めたらここに来てください』

メモには住所とホテルの名前が書いてある。住所にはなんとなく見覚えがあった。丸くて小さい文字から、女性が書いたもののような気がする。幻の女……。

誰かがこの部屋に来たのか？

住所を検索すると、ラブホテルがヒットした。この部屋で一晩過ごしたなら、メモでホテルに誘うのは意味がわからない。

同じくデスクの上に置いてある愛用のボイスレコーダーを確認する。

『さっきまで、上司と二人で飲んでたんです』

若い女の声が録音されていた。何らかの証言だ。不要なものはすぐに消すが、重要な発言はこうして残しておく癖があるので、おそらくその類いのものだろう。

俺にはある悪癖がある。飲み過ぎると記憶を失ってしまうことと、そうなると何らかの事件に巻き込まれて、それを解決してしまうことだ。普段は二歩先に犬の糞が落ちていても気付かないのに、泥酔したときだけ頭が冴えるらしい。

昨日は少し寒かったので、コートを着て外出した。イスの背にかけてあるコートのポケットの中を探るとレシートが出てきた。

『Bar ロングテール』

知らない名前だ。会計は四千七百円。現金での支払いになっているので、俺じゃない。記録が残らない会計はなるべくしないようにしているからだ。さらにコートを探ると、反対側のポケットからもう一枚レシートが出てきた。

『亜希菜』

こちらの店は知っている。よく行く小料理屋だ。どうやら昨夜もひとりで飲んでいたらしい。印字されている住所を見て気付いた。メモの住所に見覚えがあったのは、亜希菜のすぐ近くだからだ。

これだけ飲み食いしたなら二時間はいたはずなのに、さきほどのバーのレシートとは一時間しか空いていない。やはり自分のものではなく、誰かのものを証拠として預かった可能性が高い。亜希菜にいたなら、電話一本で昨日のことを聞けるかもしれないが、遅くまで営業していた女将さんを起こすのも気が咎める。

何度も繰り返してきたので、コツはわかっていた。手がかりが残っている以上、なんらかの事件が起きたと確信を持って考えるのだ。本当にそんなことあった？　と記憶を確かめようとしても意味はない。忘れていたとしても一度自分が体験して考えたことだ。きっと昨日の自分が導いてくれる。想像力を最大まで広げるのだ。

ボイスレコーダーと合わせて考えると、バーのレシートはメモを書いた女が持っていたのだろう。

待て、上司とふたりで飲んでいて、レシートを部下が持ち帰った？

わかってきたぞ。もしかしたら、上司とやらは会計ができない状態にあったのではないだろうか。たとえば、酔い潰れて寝てしまったとか。根拠ならある。さきほど見つけたメモである。

『目が覚めたらここに来てください』

これは俺にあてたものじゃない。バーで寝てしまった上司に残したものなのだ。

酔い潰れて（おそらくは意図的に酔い潰れさせられて）寝てしまい、目が覚めたら一緒に飲んでいた若い部下がいなくなっていて、会計は済んでいる。そこにメモが残っていれば、疑問は感じても、ひとまず指示には従うだろう。ケータイが繋がらなければ他に選択肢はない。それになにより、期待は判断を鈍らせる。バーを出るときに店員に「一時間くらいしたら起こしてあげてください」とでも言っておけば時間の調節も可能だ。

女はバーで会計を済ませたあと、亜希菜へ向かう。そこで客と話し、アリバイをつくる。上司の愚痴でも言いながら酒を飲み直して、途中でトイレの窓から抜け出して、近所のホテル前まで来た上司を殺せば、アリバイが成立する。

死体は近くに隠しておき、亜希菜から出たあとに、バー付近まで運ぶことで犯行現場の偽装は完成する。メモの存在さえ隠せば、バーからの帰り道で襲われたと判断されるはず。

最後に会ったのは女だし、二人でいるところを店員に見られているので、当然疑われるだろう。だが、酔い潰れた上司を残してバーを出ているのだ。その後のアリバイは亜希菜で会った客、つまり俺が証明してくれる。

さてどうだろう。答え合わせのためニュース記事を検索してみると、ちょうど更新されたものがあった。『会社役員・橋本智也さん（四二）が三珠区の路上で亡くなっているところが発見された。』……おそらくこれだ。

この推理を犯人である女にしたのか、どういう結末になったのかは、まったく思い出せない。念のため知り合いの刑事に話だけはしておこう。

「すみません。また事件を解決したようなのですが……」

こんな面倒なことをするくらいなら、酒を断てばいいとも思うが、それはできない。大切な人を守れなかった罪悪感から逃れるためには、酒を飲む以外にないからだ。

送られた画像で「ない本」をつくります。

画像提供者　@CANDY__VILLAGE

猫に餌を与えないで下さい
Soji Asai

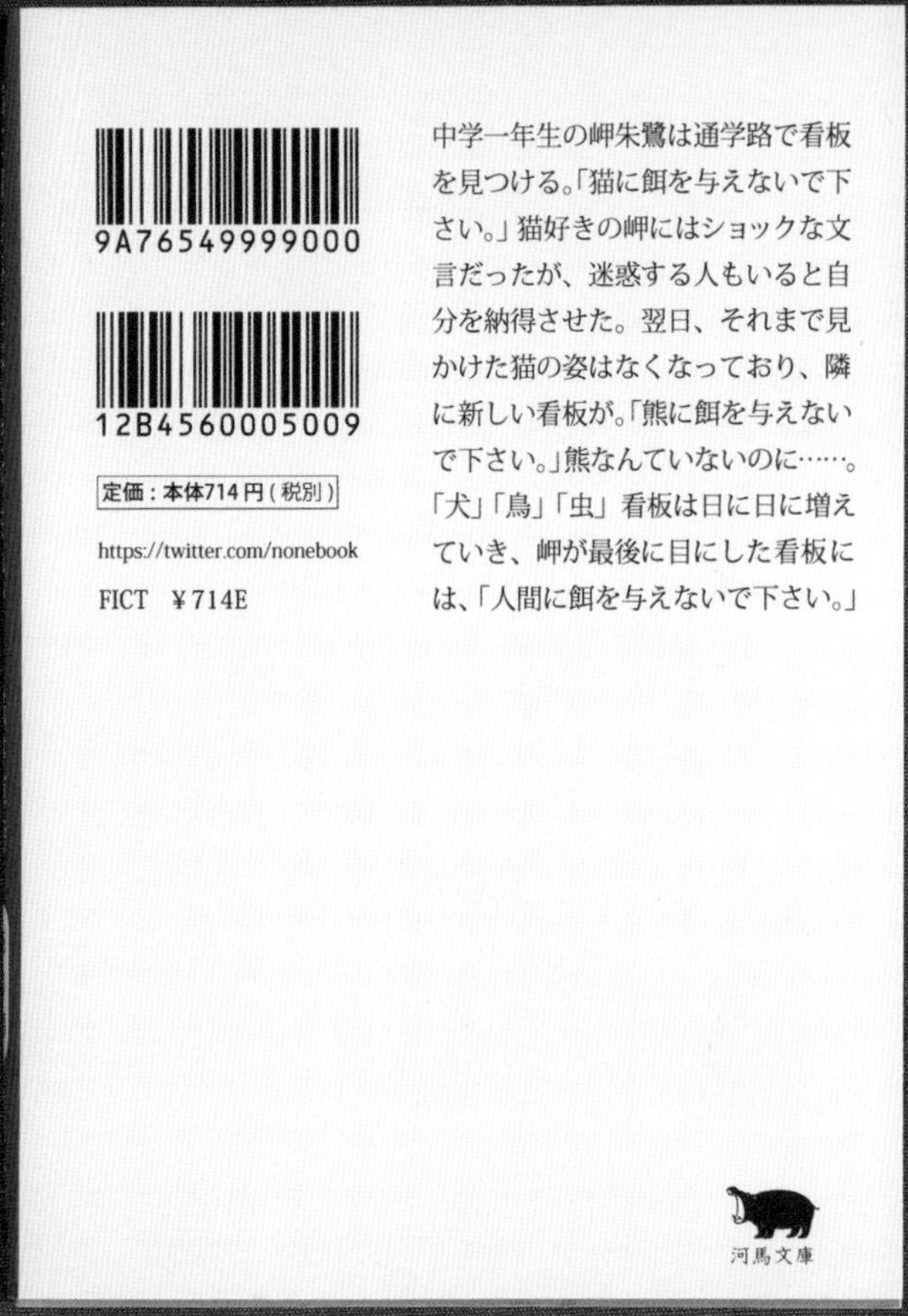
9A76549999000
12B4560005009
定価：本体714円（税別）
https://twitter.com/nonebook
FICT ¥714E
中学一年生の岬朱鷺は通学路で看板を見つける。「猫に餌を与えないで下さい。」猫好きの岬にはショックな文言だったが、迷惑する人もいると自分を納得させた。翌日、それまで見かけた猫の姿はなくなっており、隣に新しい看板が。「熊に餌を与えないで下さい。」熊なんていないのに……。「犬」「鳥」「虫」看板は日に日に増えていき、岬が最後に目にした看板には、「人間に餌を与えないで下さい。」
河馬文庫

浅井 草寺　**Soji Asai**

河馬文庫

1980年生まれ。広告代理店でコピーライターとして勤務する傍ら『ショートショートの遊園地』（鶴見祐司編）に投稿を続け、2010年に投稿作を含めた『2台目のバイキング』を電子書籍として発表。2015年『ユリとゆり』の映画化を機に強い支持を得る。『ミゅ〜図』『小指』『あなたが猫になる前に』など著作多数。

猫に餌を与えないで下さい。

浅井草寺

『人間に餌を与えないで下さい。』

登校の途中、朱鷺は看板の前で足を止めた。

ここには昨日まで『鳥に餌を与えないで下さい。』という看板が立っていた。

その前の日は『虫に餌を与えないで下さい。』で、その前日は『犬に餌を与えないで下さい。』だった。

『熊に餌を与えないで下さい。』が先だったかもしれない。いや、順番はどうでもいい。指定された生き物は、翌日から見かけなくなった。

餌を与えなければどうなるか、餓えて死んでしまう。中学生になったばかりの朱鷺でもそれくらいはわかる。

でも、たった一日で種が消えてしまうなんて、そんなことあるはずがない。

人間がすべて消えてしまったのなら、学校もテストも全部なくなるのだろうか。テストや勉強は得意だし嫌いじゃないけど、学校は嫌いだ。友達はいても、そんなに趣味は合わないし、ひとりだと暇だから一緒にいるだけ。それならひとりの方がずっと気楽だ。

ふとあたりが暗くなった。

さっきまで晴れていたのに、分厚い雲でも流れてきたのか、と空を見ると、目があった。そこにある目と目が合った。

「うわあっ」

驚きのあまり尻もちをついてしまう。空には巨大な目が浮かんでいて、こちらを見下ろしていた。

……見られている。

「え、なになになに」

人間が本当に驚いたときは声も出ないと言うが、朱鷺は違った。考えるよりも先に身体が動く。片時も立ち止まらず、ペースを緩めることなく走って家に帰った。

「お母さん！」

玄関に飛び込むと同時に母親を呼ぶ。家の中はしんと静まりかえっていて、家を出てくるときにはついていたテレビの音も聞こえない。

「お母さん？」

室内に入ったことで、視線が遮られ、少しずつ冷静さを取り戻してきた。何が起きたかわからないが、どうやら誰もいないらしい。ケータイも圏外だ。

おそるおそる外に出る。目はまだこちらを見ていた。なるべく物陰を選んで視界に入らないようにしながら駅前を目指す。

「どういうこと？」

どうやら本当に人間がすべて消えてしまったようだ。

いつもならそれなりに人通りがある駅前も、すっかり静まりかえっている。交番もコンビニもすっかり無人だ。何日か前に虫も消えたので、いつもうるさいセミの声も聞こえない。ひとりの方が気楽だ、なんて思っていたけど、実際にひとりになると、たまらなく不安になった。

「まじ、人いるじゃん」

ひさしぶりに他人の声を聞いた気がした。声の主は制服の少女で、朱鷺よりも少し年上に見える。高校生だろうか。

「いやー、焦ったわ。朝起きたらなんか急に誰もいなくなってるんだもん。なんか空からやばい目が見てるし」

どうやら朱鷺とほとんど同じ境遇らしい。その割にはずいぶん落ち着いてみえた。

少女はアケミと名乗った。

髪は明るく染められているが、制服は市内にある有名な進学校のものだ。

とりあえず朝ごはんでも食べよっか、と誘われて、近くのコンビニから寿司を盗んだ。

「電気もいつまで生きてるかわかんないから、生鮮品が食べれるのも最後かもね」

こんなときだというのに、すごくドキドキして、なぜかすごく楽しかった。

「なんで、私たちだけ残されたんだと思いますか？」

「さあ、人間じゃないんじゃない？」

朱鷺の話を一通り聞いたアケミはこともなげに言い放った。

「ここ最近の異常現象とあんたの見た看板が関係してるなら、人間は全部いなくなったんだろうし、それでも残っているなら、たぶん私たちは人間じゃない」

「でも、私は人間ですよ？」

アケミだってそのはずだ。

「でもさ、生まれたときの記憶とかないしね。そんなのわかんないじゃん」

ふたりで空に浮かぶ目を見上げる。

「私たちは消さない？」

空の目に問いかける。そいつは目だけで、嘲り笑っているように感じた。

「あいつ、ムカつくよね」

アケミも同じ気持ちだったらしい。なんとなく嬉しくなって、笑顔がこぼれてしまう。

「よし、じゃあ看板のところまで案内してよ」

アケミに頼まれて、看板まで連れ立って歩く。途中で文房具屋に寄って、修正液と油性ペンを持ち出してきた。

「ほら」

アケミは看板の文字を書き換える。

『空に目を浮かべないで下さい。』

看板の効果かはわからないが、それまで空を覆っていた目が遠ざかり、少しずつ見えなくなっていった。

「朱鷺の話を聞いたとき、いけるかなって思ったんだよね」

へへへ、と笑うアケミの頬にえくぼができる。

「これからどうする？」

「ふたりだけなら、滅びるしかないんじゃないですか」

種として滅びるしかないのなら、最後までせめて楽しく暮らしたい。

「いや、でもさ、もしかしたら産めるんじゃね？」

「え？」

「だってさ、人間じゃないなら、別に男と女じゃなくても子供産めるかもしれないし、そしたらまだ終わりじゃないしょ」

私たちが、この世界のイブとイブになるのだ。アケミの発想は不思議とすんなり受け入れられた。

世界には、私とアケミだけ。そしてふたりの子供たちに囲まれて暮らす。想像するだけで、自然と頬が緩んできた。

「貸してください」

アケミから修正液とペンを受け取って、看板に文字を書く。

『せめて私たちだけは幸せに過ごさせて下さい。』

こんな看板にどんな意味があるかわからない。

でもここに書かれていることが本当に事実になればいい。

私たちは、これから幸せに暮らすのだ。

送られた画像で「ない本」をつくります。

画像提供者　@kenken639348049

素性観察
横屋茉莉
Matsuri Yokoya
祭日文庫

9A76549999000
12B4560005009
定価：本体714円（税別）
https://twitter.com/nonebook
FICT ￥714E
「趣味は人間観察」なんて言うと鼻で笑われるのが世の常だが、宜野義人のそれは常人のものとは一線を画していた。喫茶店で隣の席に座っただけ、改札を通るタイミングが同じだっただけの人間を三日間徹底的に尾行して調べるのが彼の趣味だ。ある日、書店の会計の列でひとつ前に並んでいた女を尾行しはじめた宜野は、彼女が『三日間何も食べていない』ことに気が付いて……。解説・桜望梅
祭日文庫

横屋 茉莉　Matsuri Yokoya

祭日文庫

山口県生まれ。幻想小説家・小菅茂通の一人娘。1991年『顔のない鯨』で捕鯨文学新人賞を受賞しデビュー。小説家夫婦の子として取り上げられることが多いが、再婚であるため小菅の妻でホラー小説家の小谷美奈子と血縁はない。著者に『父と。』『反省する他人』『アズ・スーン・クズ』などがある。

素性観察

横屋茉莉

Case.04 食べない女

何もやることがなくなった人間が何をするか。

宜野義人の場合は人間観察だった。

「趣味は人間観察です」なんて自己紹介をすれば、鼻で笑われるのが当然の反応だが、宜野は徹底していた。

街をじっと眺め続け、これだと決めた人を三日間徹底的に尾行するのだ。

ある事情から、一生遊んで暮らせるだけの金額を手にした宜野だったが、ある問題が浮上した。やることがないのだ。遊び歩いてもよかったけれど、散財しても快感より不安が勝った。貯金が減るにつれて、じりじりと身を焦がされる気分になり、何も楽しめなかったのだ。

なるべくお金を使わずに楽しめる趣味はないか、試行錯誤の末に辿り着いたのが、人間観察である。

今日の対象は、三十歳前後の女性。雑誌を買おうと書店のレジに向かった際に、宜野の前に並んでいた。

会計を終えてすれ違ったとき、彼女が帯びている独特の雰囲気が気になったのだ。

彼女は、十代の頃に観た映画に出ていた女優に似ていた。撮影された年代から考えて本人ではない。ただ雰囲気が近いだけだ。タイトルも監督も忘れてしまったけれど、その女優の横顔だけは覚えている。黒髪のショートボブで、形のいい白い耳にピアスが光っている。首の線がとてもキレイだった。

いつもは同世代の異性は対象に選ばないようにしている。万が一尾行がバレたとき「変な人」ではなく「犯罪者」になる可能性が高まるからだ。

だが、ふと跡をつけて、そのまま尾行を始めてしまった。しばらく中年男性ばかり対象にして飽きていたからかもしれない。何か起きる予感があった。

マンションのひとり暮らし。家賃は八万円くらいだろうか。朝は七時半頃に家を出て、電車で五十分かけて出勤する。昼休は五分ほど歩いたところにある公園で過ごしていた。職場に馴染めていないのだろうか、と勝手に心配になったが、大きなお世話だ。真っ当な職場らしく、午後五時を過ぎると帰路につく。毎日書店で一冊本を買い、そのままマンションへ帰って行く。

変化に乏しいことよりも、ひとつ気になったことがあった。

――少なくともこの三日間、彼女は何も食べていない。

二十四時間ずっと監視しているわけではない。もし深夜に外出してコンビニで買い食いでもしていれば気付けない。だが、少なくとも日中に彼女が何かを口にしたり、食料を買ったりしていないことは明らかである。

追加調査だ。

こうしたとき、宜野は納得できるまで調査を延長する。過去にも三週間ほど同じ男性を尾行し続けたことがあった。

そして調査開始から七日目の夜、恐れていたことが起きた。

彼女が部屋に入った後もしばらく帰宅せず、いつもより少し長めに残っていた。マンションの隣に公園があったので、ホットの缶コーヒーを買ってベンチに腰掛ける。窓を見上げるが、カーテンが閉まっていてなかの様子はわからない。

三十分ほどそうしていただろうか。

「ねえ」

突然声が降ってきた。上を向くと、彼女がベランダから顔を覗かせている。

「あなたでしょ。ずっと私のこと見てたのは。お腹空いたから、もうそろそろいいかな」

そこにいてね、と言われたので、彼女が出てくるのを待った。逃げてもよかったが、なぜか動くことができず、そのままじっと待つ。

幸いなことに警察や、怖い彼氏は出現せず、彼女がゆっくりと歩いてきた。目の前に立った彼女は、やはりキレイだった。

「私ね、視線があるとだめなの。何も食べられなくなっちゃうの」

尾行を糾弾されるかと思ったが、彼女は意外なほど冷静だった。こちらがなぜこんなことをしていたかも聞かずに、彼女の抱えている事情について話し始める。

「子供の頃からずっと、誰かに見られていると何も喉を通らなくて、給食は本当に苦労したよ。いつも人のいないところを探して食事をしてるんだけど、ここ一週間はどこに行ってもだめ。それで気付いたんだ。誰かにずっと見られているって」

観察は基本的に対象に影響を与えない。しかし、今回は意外な効果をもたらしていた。

「それは、その」

謝るのも何か違う気がして宜野は口ごもった。

彼女が吐いたため息が、白いもやになって消えていく。

「あなたの視線は強すぎる。部屋にいても何も食べられなかったんだもの」

だから、ごめんね、と彼女の白い指が、眼球めがけてゆっくりと伸びてきた。このまま指先に触れることができたら、どんなに心地いいだろう。自分から吸い込まれるように近づいていく。このまま。このまま。

ペコン、と音がした。手の中でスチール缶が形を変えていた。無意識のうちに握りしめていたらしい。その音でふと現実に引き戻された。

「うあっ!」

同時に声が出た。叫びだ。弾かれるように立ち上がる。今何をしようとしていた? 目だけは、目だけは失うわけにはいかない。これから先、まだ見なければいけないものは、たくさんある。

とにかく脚を動かして、全力でその場から離れた。

彼女の手が届かないところへ。

彼女に視線が届かないところまで。

送られた画像で「ない本」をつくります。

画像提供者　@shinyAC320B

落ちる

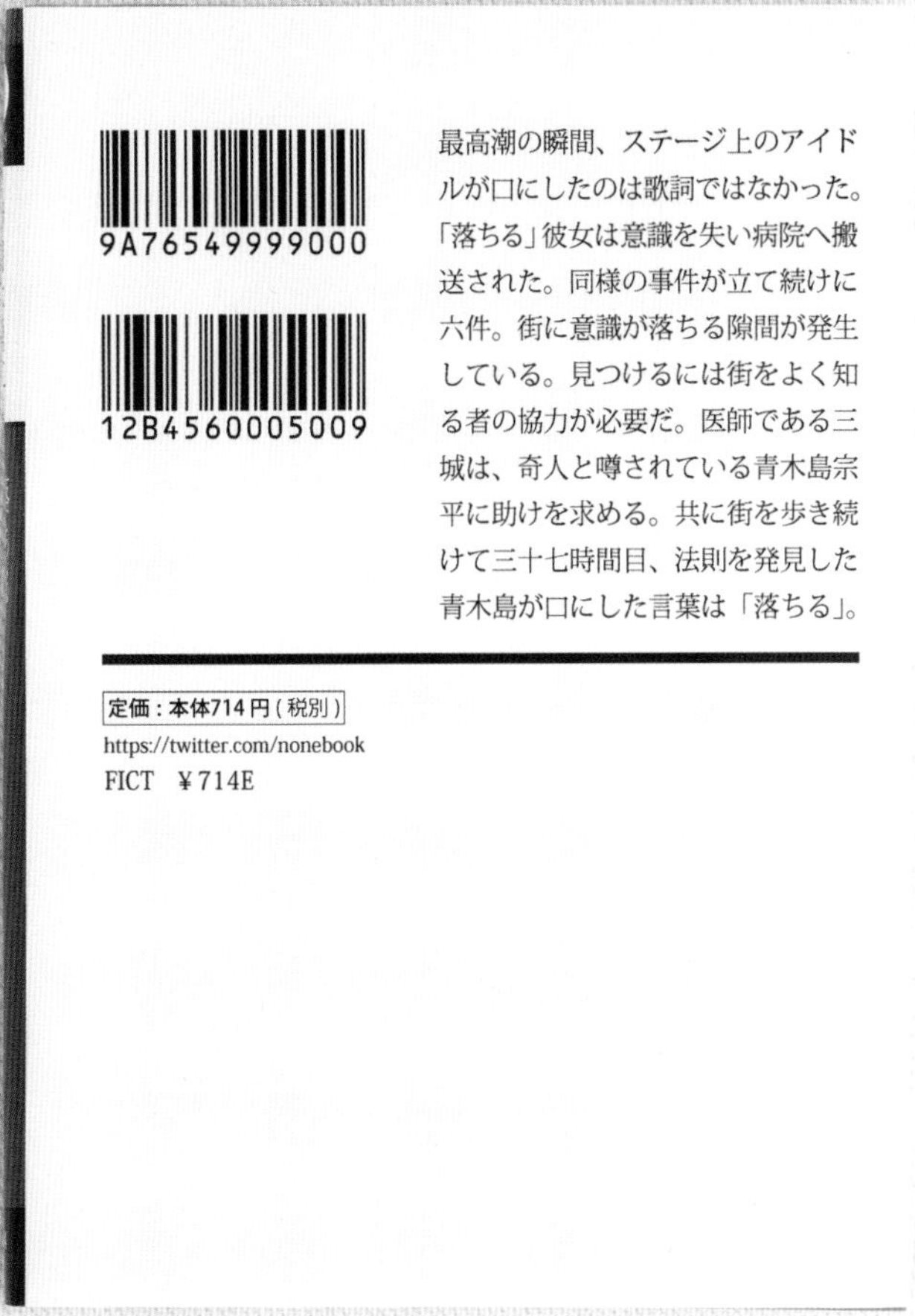
9A76549999000
12B4560005009
最高潮の瞬間、ステージ上のアイドルが口にしたのは歌詞ではなかった。「落ちる」彼女は意識を失い病院へ搬送された。同様の事件が立て続けに六件。街に意識が落ちる隙間が発生している。見つけるには街をよく知る者の協力が必要だ。医師である三城は、奇人と噂されている青木島宗平に助けを求める。共に街を歩き続けて三十七時間目、法則を発見した青木島が口にした言葉は「落ちる」。
定価：本体714円（税別）
https://twitter.com/nonebook
FICT ￥714E

伊園木 勇二 Yuji Izonogi

1989年、和歌山県生まれ。星雲大学人間環境学部卒。SF作家を多数輩出した「餅つきの会」の4代目会長を勤めるも、本人は「自分はSF読者だがSF作家ではない」と公言している。トマソン収集家としても知られ、作品も路上観察をテーマにしたものが多い。

扇動社フィクション文庫

落ちる

伊園木勇二

1

彼女にとって、特別な瞬間になるはずだった。

三時間の生放送、人気の歌手が次々に登場し、冬の会場からは湯気があがっていた。事件が起きたのは、番組の後半。五人組のアイドルグループが登場し、ヒット曲を歌っている最中に、エースが意識を失いステージに崩れ落ちた。最初はそうした演出かと思っていた視聴者も、ステージ上を駆け回る関係者の姿を見て、本当に事故が起きたのだと徐々に理解していく。コマーシャルが明けた後も事態は収拾しておらず、ステージ脇でうろたえる司会者だけを映し続けた。

倒れたアイドルは、すぐに病院に搬送された。命に別状はないと発表されているが、意識はまだ戻っていない。そのときの映像は、一大事件として何度もニュースで繰り返し流されている。何度も何度も繰り返し目にするうちに、アイドルが最後に口にした言葉に注目が集まった。

「歌詞を間違えただけ」「雑音を拾った」「脳に異変があったのでは」など、様々な説がでたが、度重なる検証の後に、彼女が口にした言葉が明らかになった。

「落ちる」

その言葉を最後に、アイドルは意識を失った。

2

医師の三城は中継を見ながら目を丸くした。

数日前、勤務先の病院で目にした症例とまったく同じだったからだ。

「視界に隙間が見えるんです」という奇妙な訴えを、三城は結局最後まで理解できなかった。目にも脳にも異常は見られなかったので、長期入院のストレスが原因だろうと推測していたのだが、その患者は異変を訴えた翌週に意識を失った。

何度もカルテを読み返し、ひとつひとつの会話を思い起こしたが、原因は見当もつかない。

視界に隙間が見える、という言葉の意味を何度も確認したが、あまり要領を得なかった。「隙間ですよ」「風景が少しズレている部分があるんです」「景色に繋ぎ目があって、そこに手を入れるとスウッと吸い込まれていくみたいに」「わからないんです。いつもは引き返すんですが、引き返さない方がいいのかも」

様子を見ましょう。何もできないときの決まり文句で返すしかなかった。似たような症例がないか探しても、答えは見つからない。大学時代の同期をはじめ何人かの知人に相談したが、ヒントにすらたどり着けていない。

「落ちる」

報告によれば、患者が意識を失ったその日、ナースコール越しに声が聞こえたそうだ。

3

電話の音で現実に引き戻された。

少しぼんやりしていたらしい。三城はテレビを消して電話に出た。最近どうも時間の感覚が曖昧になっている。

「見つけたぞ。やっと俺にも見えるようになった」

聞き馴染みのある声がスピーカーの向こうから聞こえてくる。大学の同期の青木島だ。在学中から変わり者で有名だったが、医師免許を取ったにもかかわらず医者にはならず、フリーライターという曖昧な仕事に就いている。

「ちょっとした心当たりがあって、あれからずっと町を歩いていたんだ」

「あれからって」

例の患者のことで青木島に相談したのは一昨日だ。言葉通りに受け止めるなら三十時間以上歩いていたことになる。他の人なら冗談だと思うが、青木島は実際に散歩と称して三日三晩歩き続けたことがあった。

「俺も見たことがあったんだよ。町の隙間」

例の患者も似たようなことを言っていた。

「トマソン収集で町歩きしてるときにさ、たまに視界がチラつくことがあって、同じ現象が起こせないか確認してたんだよ」

「それで、何かわかったのか？」

「つまりさ、この現象は人に起こるんじゃなくて、場所に起こってるんだよ」

青木島の興奮が電話越しに伝わってくる。これもある種の生中継だ。

「ほら、あった、あったぞ」

「ちょっと待ってくれ、今どこにいるんだ。何が起きている？」

三城の呼びかけも虚しく、青木島は一方的にただ告げるだけだった。

「落ちる」

通話は切れずに、いつまでも風の音を聞かせてきた。

4

三城の前には例の患者が寝ていたベッドがある。

今は誰も使っていない個室なので、周囲には誰もいない。青木島が、大きなヒントをくれた。病気だと考えたから理由がわからなかったのだ。これはあくまでも現象で、場所に対して起こるものだ。だとすれば、患者が最後にいた場所に、例の隙間とやらがあるはずだ。じっと目を凝らす。何も見えない。そのまま数十分、角度を変えて観察を続けたが、何も起きなかった。勘違いだったかもしれない。帰って寝ようと考えて、ふと気付いた。患者は寝ていたのだ。

ベッドに横たわり、患者と同じ視界になる。首を動かしたときに、視界がチラついた。

「あ」

これか。確かに隙間としか呼べないものが、確かに存在していた。手を伸ばすと、隙間のなかにスルリと吸い込まれていく。妙に誰かと話がしたくなって、去年別れた恋人に電話をかけた。

「違うんだ。最後だから」

隙間の向こうにある重力に身を任せると、吸い込まれるような感覚に襲われた。きっと向こうには素敵なものが、ああ、心地いい。

「落ちる」

送られた画像で「ない本」をつくります。

画像提供者　@kure_178

七人のやさしい目撃者
鶴見祐司
Tsurumi Yuji
鹿鳴社文庫

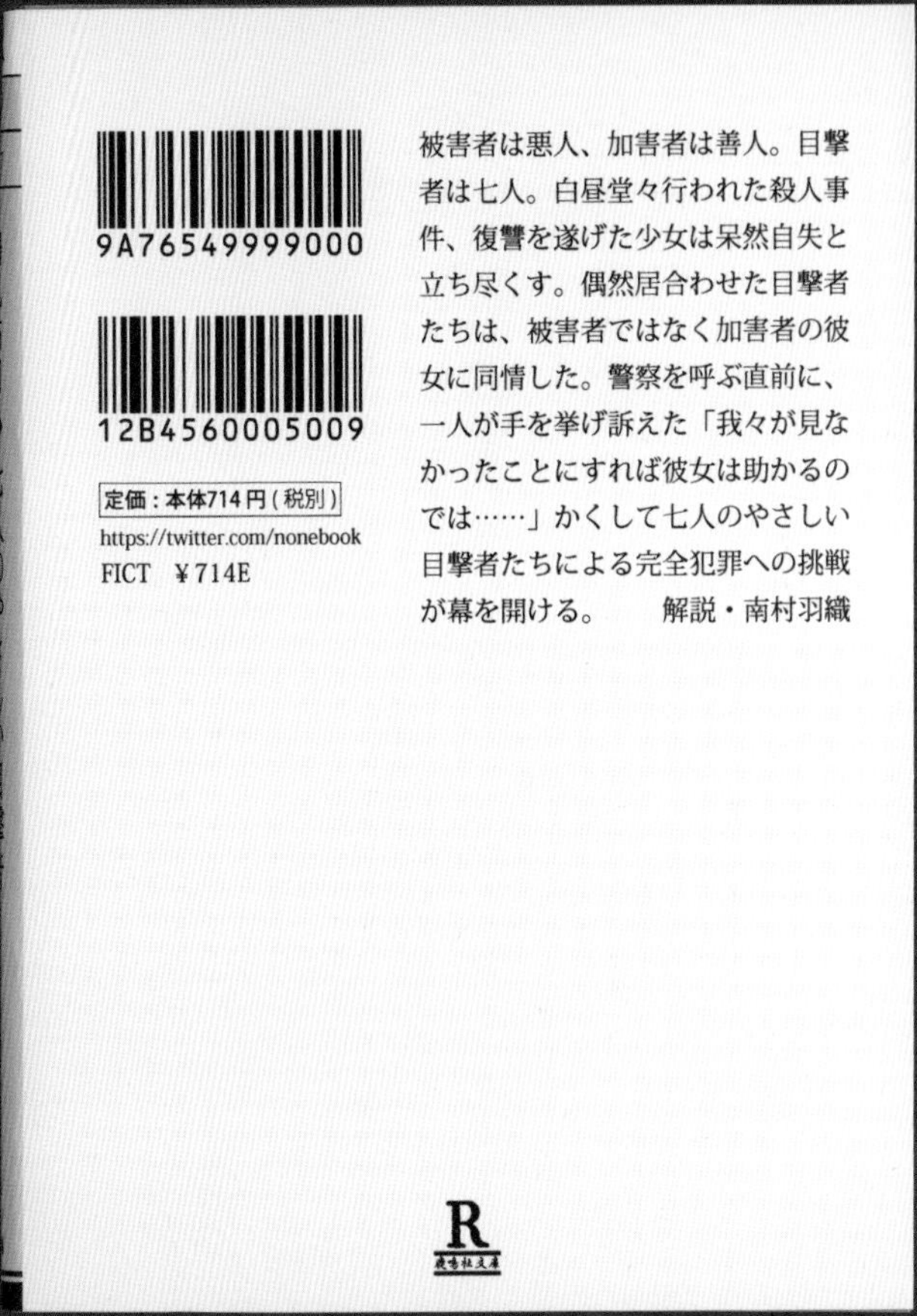
9A76549999000
12B4560005009
定価：本体714円（税別）
https://twitter.com/nonebook
FICT ￥714E
被害者は悪人、加害者は善人。目撃者は七人。白昼堂々行われた殺人事件、復讐を遂げた少女は呆然自失と立ち尽くす。偶然居合わせた目撃者たちは、被害者ではなく加害者の彼女に同情した。警察を呼ぶ直前に、一人が手を挙げ訴えた「我々が見なかったことにすれば彼女は助かるのでは……」かくして七人のやさしい目撃者たちによる完全犯罪への挑戦が幕を開ける。　解説・南村羽織
R
鹿鳴社文庫

鶴見 祐司　Yuji Tsurumi

1951年北海道生まれ。音楽プロデューサー・志村高の付き人を経て、1978年に『スティング』でデビュー。ショートショートの名手として知られ『掌編図鑑』で真崎賞を受賞。その後、自身が選考委員を務めるショートショートコンテストの応募作をまとめた『ショートショートの遊園地』を定期的に刊行するなど精力的に活動している。

R
鹿鳴社文庫

七人のやさしい目撃者

鶴見祐司
▲「じゃあ、警察には知らせないんですか？」
♪「だって、可哀想じゃゃん」
△「話を聞く限り、あの子がこれ以上苦しみを背負う必要は、ないと思うが」
×「この男は、いえ、わたくしたちは彼女に殺されても当然のことをしてきました。だから、もし通報しないことが彼女のためになるなら、わたくしは何も申しません」
■「なんでもいいけど、早く決めてくれないか。次のアポまであまり時間がないんだ」
◎「警察を呼んだら、少なくとも夜までは帰れなくなりますよ」
♪「いい年なんだから落ち着けよおっさん。ケータイ持ってるならそれで連絡すればいいじゃん」
■「なっ、お前、失礼っ、そんっ、なっ」
◎「まあ落ち着いて、こんな光景を目にしたんだから、みんな気が立っているんですよ」
♪「しかし悪人ってのは見た目じゃわかんないもんだね」
×「社長は何度か経済誌にも取り上げられて、女性からの人気も高かったですから」
♪「外国人のおねえさんたちをこき使って、何人も死なせてるような男がねえ」
▲「この人が死なせたわけじゃないでしょう」

♪「行方がわかんなくなってるんだから、似たようなものでしょ」
◎「証拠がない。だから、罪に問えない」
×「本当に卓越した方でした。わたくしを含めて、そうしたカリスマ性に惹かれていた部下は多いです。そうじゃなければ、とっくに告発されていたでしょうね」
♪「おじさん、それ褒めてるの？」
×「とんでもございません」
◎「証拠がないから裁かれなかった。それは、この状況も同じだよな」
▲「日本の警察は優秀って言うでしょ。協力してあげたい気持ちはあるけど、わたしまで捕まったりするのは嫌よ」
◎「だから、そのための方法をこれから考えるんです！」
■「とにかく何でもいい。方針だけ決めれば、ここから出られるんだろう」
♪「そんなん言ったって、人ひとり死んでるんだから、文句言わずに最後まで付き合ってよ」
△「お客さんたちが決めてくれれば、うちとしても文句はない。それに、人が死んだ店なんて評判を立てられるより、なかったことにしてもらえるならその方がありがたい」
♪「じいちゃん、話わかるよね」
▲「急に連絡つかなくなったら、誰か会社の人が気付くんじゃない？　大丈夫？」
×「社長はお忙しい方で、誰にも行き先を言わずに旅行に出かけてしまわれることも多々ありましたから、おそらく二、三日は問題ないかと」
■「旅行ってつまり、コレと行ってるんだろうよ」
♪「おっさんもよく使う手なの？　出張って言い張って不倫旅行とか」
■「そんなこと、できるわけないだろう」

◎「だけど、そういうことをする人を、実際に見てきたってことですよね」
♪「でもさ、愛人がいるなら、そっち方面は大丈夫？　アタシだったらカレシと半日も連絡つかなくなったら、めちゃ探すけど」
×「その意味では、むしろ連絡がない方が喜ばれるはずなので、まったく問題ございません」
■「あんた、社長のことよっぽど嫌ってるんだな」
×「嫌っているなど、とんでもない」
◎「だけど、殺されても当然だとは思ってた」
×「そうですね」
▲「ですねってあんた、とんでもない男だね」
×「ありがとうございます」
♪「褒めてないと思うけど」
△「いったん全員の意志を確認しよう。そこのお姉さんなんて、さっきから一度も喋ってないじゃないの」
＃「あ、終わりました？　別にどっちでもいいから黙ってたんですけど、死体始末するなら引き受けますよ」
◎「え？」
♪「いや、おねーさん、マジでやばいでしょ。人殺したことあるの？」
＃「ないですよ。私は」
♪「私はって……」
＃「警察とかに話聞かれるくらいなら、死体ひとつ処理した方が安いし」
◎「安いって……」
♪「お姉さん、何者？」
■「前例はあるのか？」
＃「慣れてるから、大丈夫」
♪「いや、あるんかい」
＃「じゃあ、今から言うもの買ってきてもらっていいですか。七人もいるんだからすぐでしょ」

送られた画像で「ない本」をつくります。

画像提供者　@main1108_

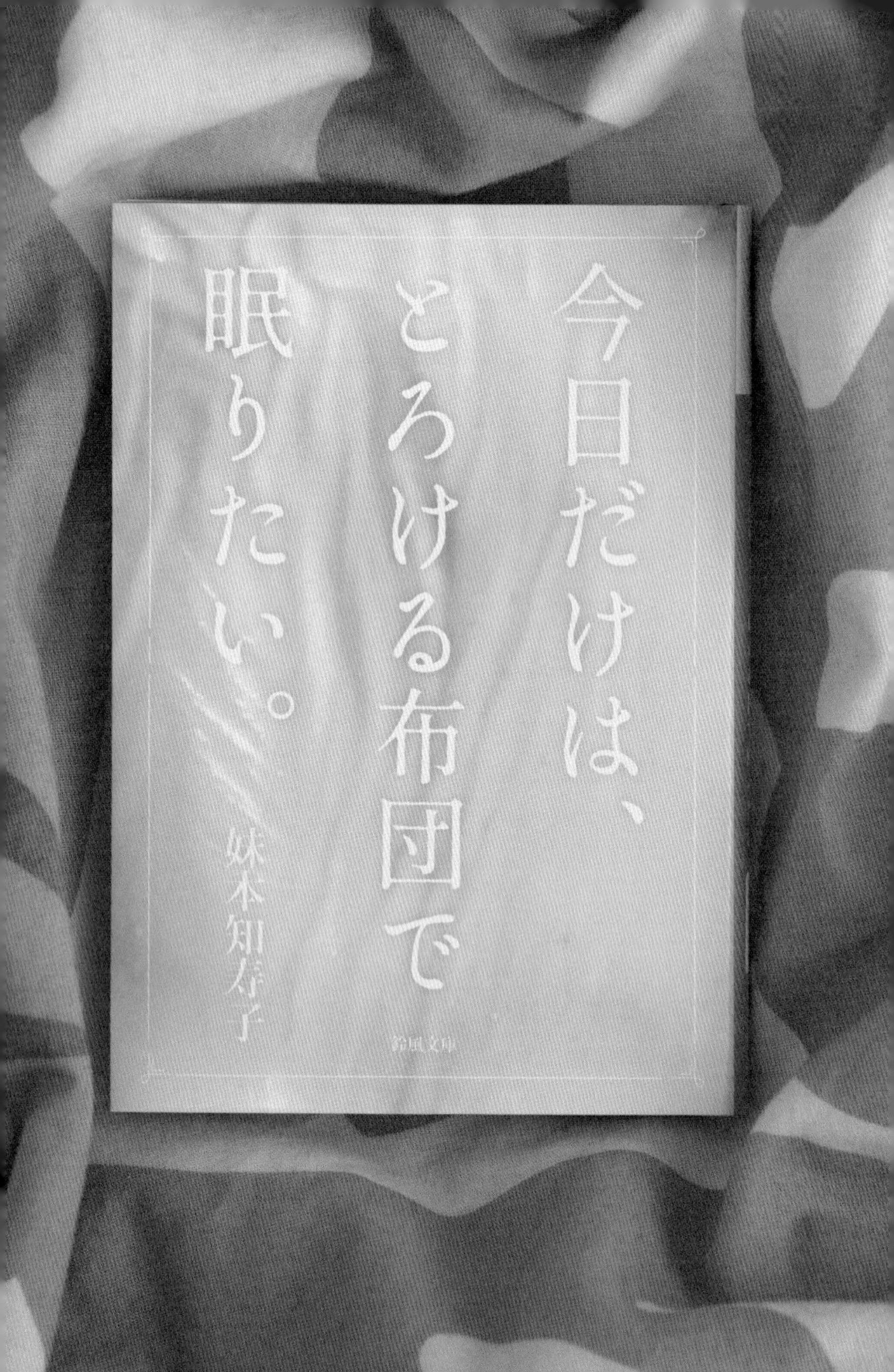
今日だけは、
とろける布団で
眠りたい。

9A76549999000
12B4560005009
定価：本体714円（税別）
https://twitter.com/nonebook
FICT ￥714E

つらいことがあった日はどうするべきか。何かひとつ決めておくといい。他人より少しうっかりが多い神奈子は、何をやっても怒られてばかり。二十代最後の年、四回目の転職で出会ったのは、凄まじい量の失敗を圧倒的な営業成績のみでカバーする通称「迷惑課長」その生き方はかつて神奈子が目指していたもので……。ただ生きることすら満足にできないすべての人に捧げる短編集。

妹本 知寿子　**Chizuko Semoto**

京都府生まれ。高田大学第一文学部卒業。会社員勤務を経て2002年『株式会社猫ちぐら』でデビュー。落ちこぼれ社員を主人公とすることが多く、大逆転も快進撃もない独特な作風のお仕事小説で知られている。2019年、従兄弟が俳優の鯖江英介であることを連載中のエッセイで公開し話題となった。

鈴風文庫

今日だけはとろける布団で眠りたい。

妹本知寿子

最初から営業なんて向いてなかったんだ。

神奈子は、今までの選択を後悔した。近いという理由で高校を選ばなければ、就職に強そうという理由で経済学部に進学しなければ、知名度だけで新卒入社する会社を決めなければ、仕事がうまくいかなくても辛抱して続けていれば……。

そんな選択を重ねて、二十九歳にして四回目の転職だ。職種はこれまでと同じく営業。しかし三社でうまくいかなかったものが、四社目で突然うまくいくわけがない。

学校の成績はよかっただけに仕事ができないと認めるのに時間がかかった。どの科目でも八割はとれていた。一割は知識不足、一割はうっかりミスで失点する。トップクラスではないが、いい大学に進学して、いい会社に就職もできた。だが、常に一割ミスをしていては仕事はできない。

「研修だからいいけど、実際の業務では気をつけてね」

新卒時の研修で注意されたミスを、神奈子はことごとく繰り返した。

転職には二種類ある。登っていく転職と、降っていく転職だ。

神奈子の転職は後者だ。二社目の照明機器のメーカーが一番長く続いて四年。大口顧客の担当を任された途端、取り返しのつかないミスをし、責任の取り方がわからなかったので辞めてしまった。次のウォーターサーバーの会社は一年も続かなかった。

そして現在四社目。新しい環境の緊張からか、転職してから半年以上経っても、あまりよく眠れていない。横になってもすぐに目が覚めてしまう。

「はあ？　またあ？」

オフィスの片隅から、わざとらしい大声が聞こえてきた。

「ふざけないでくださいよ。そんなの、通るわけないじゃないですか」

揉めているのは、経理の真北さんと課長だ。週に一度は言い争いをしているが、原因は常に課長側にある。領収書や交通費の精算をため込むし、提出しても記入欄や金額を間違えている。

ついたあだ名は、迷惑課長。

周囲に迷惑をかけながら、それでも彼が課長の座に居続けられるのは、売上が断トツで高いからだ。しばらく姿をみないと思ったら、いつの間にか大口の顧客との新規契約にこぎ着けている。関連する手続きでもミスを連発しながら、それでも売上だけは確保する。

電話が鳴った。電話の取り次ぎは新人である神奈子の役目。いまだに十回に一回は名前の聞き違いをやらかす苦手分野である。電話は課長宛てだった。嫌な予感を抱きながらも、真北さんと口論を続ける課長に取り次ぐ。

「うっわやっちまった！　すみません……いえ、申し訳ございません」

電話に出て数秒で、謝罪の言葉を叫ぶ課長を、課内の部下たちは冷ややかな視線で見つめていた。

「ふふふ」

慌てふためく課長を見ていたら、なぜか笑いがこみ上げてきた。隣の席の岡田さんは、そんな神奈子をちらっと見ると、これみよがしにため息をついた。気まずくなって顔を伏せると、床に黄色い紙が落ちているのが目に入る。何気なく手に取ったそれは、付箋だった。

――航空券経費精算
文字を目にした途端、冷や汗がどっと吹き出してきた。やらかした！　課長を笑っている場合ではない。先月の出張、二人分、往復で八万円……。

先月の経費精算の締め切りはとうに過ぎている。

「課長、あの」

一万円以上の経費の申請には課長の承認が必要だ。八万円も自腹をは切れない。勇気を出して、航空券の経費申請を忘れていた件を告げる。

「ああ、いいよ、俺がさっきのとまとめて出しておくから」

あっけないほど簡単に受け取ってもらえた。

「でも」

なかなか書類を渡さない神奈子から、領収書を奪い取ると「いいから、いいから」とその場でハンコを捺して席を立った。

神奈子は堂々と経理課へ向かう課長の背中を見送り、ふと胸のうちにあたたかいものが生まれていることに気付いた。これは断じて恋などではない。親近感とも憧れとも違う。名前がつくような感情ではないのかもしれない。

だけど、今日だけは、何も考えずに眠れそうだ。

送られた画像で「ない本」をつくります。

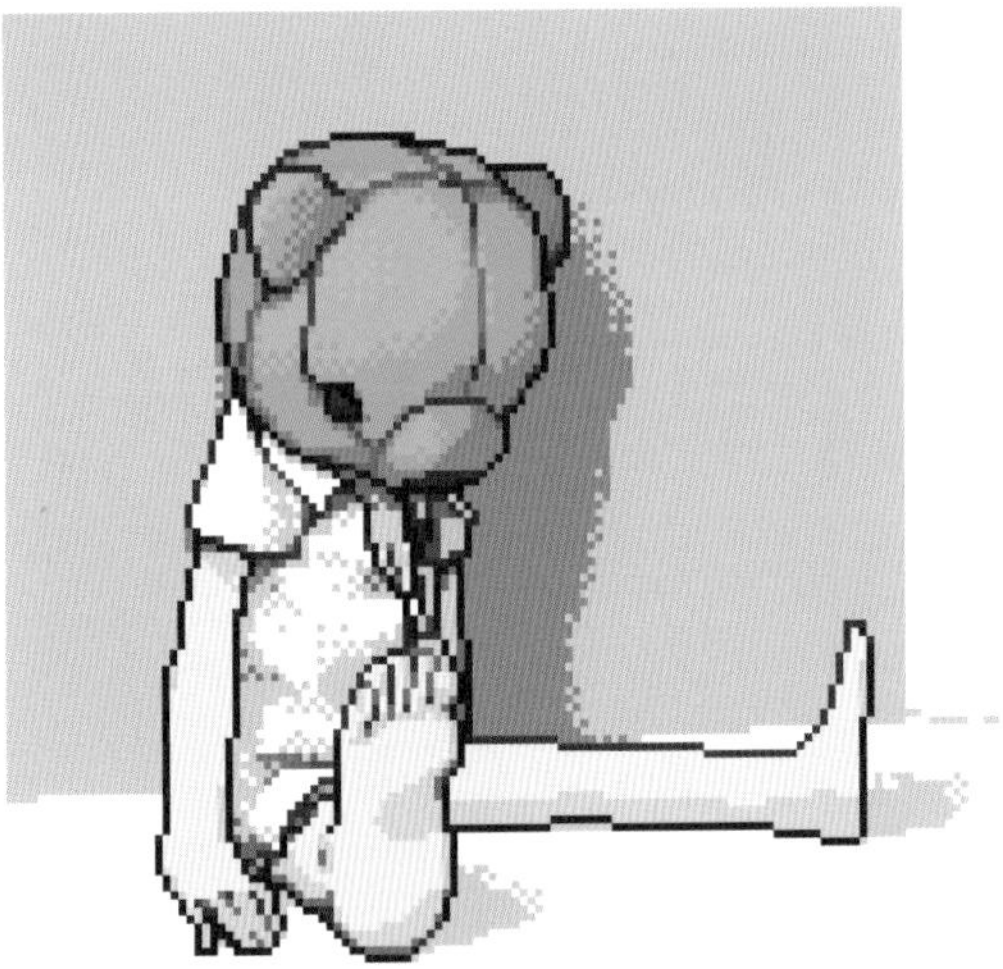

画像提供者　@base_on_moon

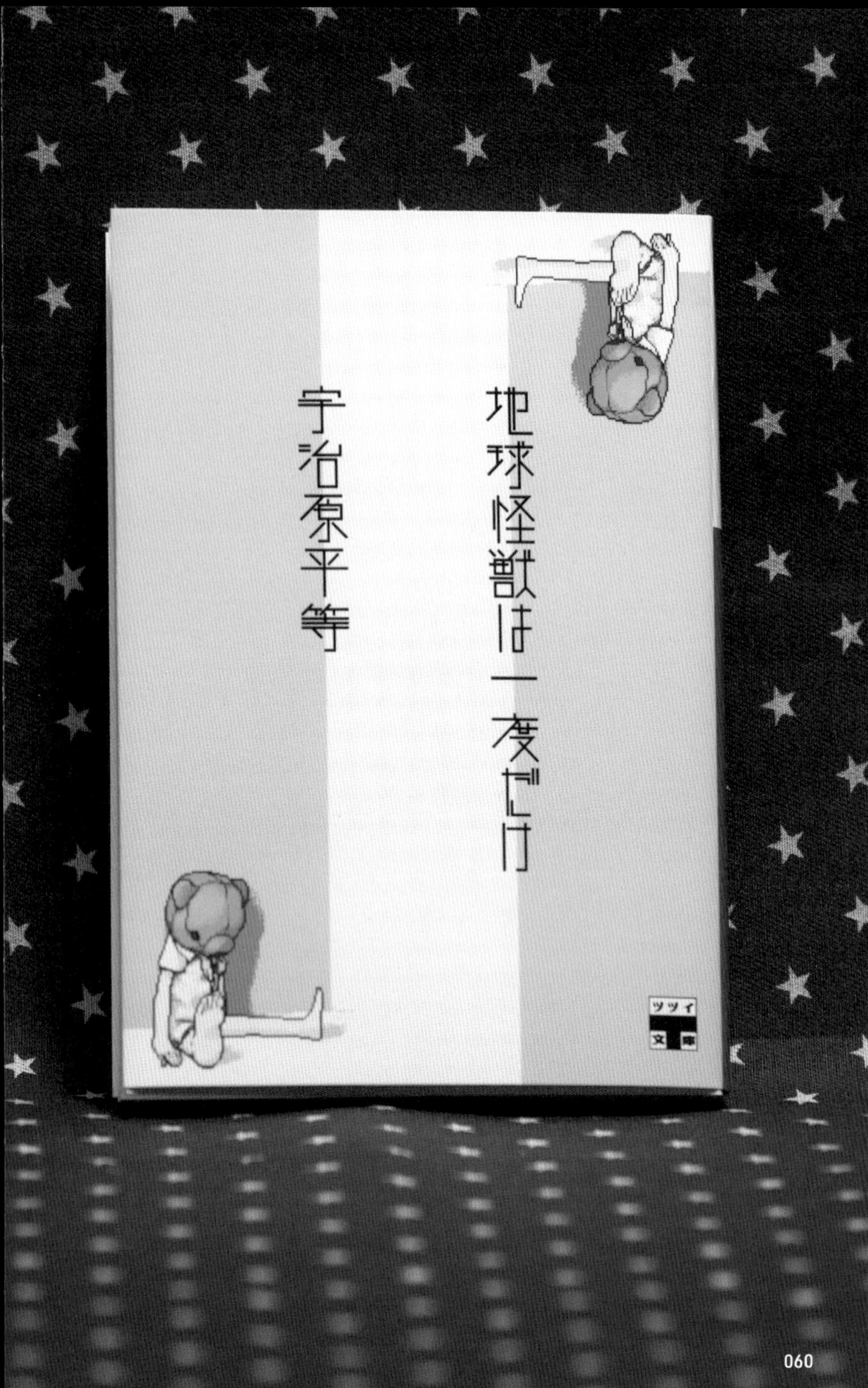
地球怪獣は一度だけ
宇治原平等
ツツイ文庫

火曜日の昼過ぎに、校庭に現れた大きな影。窓に駆け寄る生徒たちに鬼教師の怒号が飛ぶ。「授業中だぞ！」それが合図だったかのように、飛び出したのは熊頭の女生徒・秋本亜希菜。「ずっとこの瞬間を待っていた！」この日この時間に現れる怪獣に対応すべく準備を重ねていた亜希菜たち五人。しかし、奮闘虚しく怪獣に蹂躙され倒れていく……。頼むから、チャンスをもう一度だけ。
9A76549999000
12B4560005009
定価：本体714円（税別）
https://twitter.com/nonebook
FICT ￥714E
ツツイ文庫

宇治原 平等　**Byoudou Ujihara**

1991年、高知県生まれ。多作で知られ、単行本、文庫、新書を合わせて1年で12作を刊行した記録を持つ。作風も幅広く、SFやミステリ、ホラーなどのジャンル小説の要素を作品ごとに少量ずつ取り入れている。妻は作家の紫亜真希猫。紫亜が所属するグループDNB主催のトークイベントにゲストとして出演したことが縁で結婚に至った。

地球怪獣は一度だけ

宇治原平等

――怪獣襲来まで、あと〇日〇時間一分三二秒。

「この瞬間を待っていた！」

怪獣が今日この瞬間に現れることはわかっていた。これが五回目の遭遇だからだ。奴には何度も苦渋を舐めさせられた。青と緑がまだらになったゴツゴツとした皮膚を見るだけで、殺されたときの記憶が蘇ってくる。

何度も何度も繰り返して、ようやく万全の状態で迎えられたのだ。今回こそは勝てるはずだ。何しろ、初めて仲間が五人揃ったのだ。

太田さんに用意してもらったクマの着ぐるみの頭を装着して、怪獣の前に飛び出す。怪獣がわたし達の思考を読み取っているのがわかったのは、三回目の戦いのときだ。このクマの頭は内側にアルミホイルが貼ってあって、思考盗聴から身を守る効果がある。

赤い頭は、リーダーの橋本秋市。三十五歳。

青い頭は、チームの頭脳、太田武蔵。三十四歳。

ピンクの頭は、みんなのお母さん、秋城竹子。四十七歳。

黄色い頭は、いつも明るいムードメーカー、佐々木笹秋。二十一歳。

緑の頭は、わたし、秋本亜希菜。十七歳。

何レンジャーでもないけれど、地球を守ろうという意志を持った仲間だ。それぞれが個別に他人には理解されない能力を授かり、持て余しながら暮らしていた。

怪獣は二足歩行で、サイズは十階建てのビルくらい。映画で観るような怪獣より小さくて、最初はちょっとなめていた。戦車の砲撃や戦闘機からの爆撃に耐えられるようには見えなかったからだ。

「下がってて」

笹秋が私を心配して声をかけてくれる。こやつに子供扱いされるのは、ちょっと不満だったがしかたない。私は戦闘に向かない能力しか持っていないので、この場面では役に立たないのだ。

「いくぞ」

橋本さんが気合いを入れる。本当は誰よりも臆病なのに、一番先頭に立ってくれている。

思考を読めない生物が五つも現れたので、怪獣は顔を近づけてわたし達を観察しようとする。

「目を閉じて」リーダーの両手から強烈な光が迸った。

リーダーの能力。フラッシュライト。『手のひらから光を発する能力』で、出力を全開にすれば目くらましとして使える。「夜にケータイ探すときくらいしか使えないんだよ」と言っていたが、この能力がなければ近づくことすらできずに全滅している。

「竹さん！」太田さんの合図でピンクのクマが怪獣に飛びつく。竹子さんの能力は冷却だ。とはいえ漫画のようにモノを凍らせることはできない。『触れたものの温度を十度前後下げる』だけだ。「お肉やお刺身が傷まなくて便利なの」と笑っていた竹子さんに、また日常を楽しんで欲しい。

怪獣は体温が下がると動きが鈍る。これは前回の戦闘で偶然発見できた弱点だ。怪獣が冷凍倉庫を壊したとき様子がおかしくなったのを見て気付いた。

「リーダー！」

笹秋の声で異変に気付いた。橋本さんと太田さんが怪獣に捕まっている。竹子さんのおかげで動きは鈍くなっているが、それでも人間の何倍ものサイズがある相手だ。緩慢な動作でも十分に脅威だ。捕らえられた橋本さんは、手の中で必死にもがいている。

フラッシュをもう一度出そうと手を怪獣の顔に向けるが、光は弱々しい。一度全力で使うと十数分ほど休む必要がある。作戦では一度離れて回復を待つことになっていた。

橋本さんはこの日のために仕事を辞めている。そのせいで奥さんは出て行ったらしい。急に仕事を辞めて「怪獣と戦うんだ」なんて言い出したら、当然だと思う。

それでも、地球のために一緒に戦うことを選んでくれた橋本さんを、わたし達は誰よりも尊敬している。

だけど、どんな想いを背負っていても、怪獣には関係ない。

「ああああああああああああああ」

橋本さん達の悲鳴と、笹秋の叫びが混ざり合って戦場に響く。何度も見た光景だけど、何度見ても慣れることはなかった。

笹秋が怪獣の背を駆け上がって、能力を発動する。『自分の体重と同じ質量のモノの位置を入れ替える能力』だ。この戦場には、笹秋の体重とまったく同じにつくられた杭が何本も用意されている。

怪獣の頭上に現れた杭は、重力に従ってまっすぐ落下していく。しかし硬い皮膚に傷ひとつ与えられなかった。この作戦は、太田さんの『モノを柔らかくする能力』と組み合わせて初めて効果を発揮するのだ。

また失敗だ。もうやり直すしかない。他の誰にできなくても、私にだけはそれができる。

「また生まれ直して、一緒に戦おう」

笹秋が泣きながら言ってくれる。本当にうれしい。こうしてまた出会えただけで奇跡だと思うけど、できれば次のループでも会いたいと願った。

彼にひとつだけ伝えていないことがある。私の能力によるループは完全ではない。大筋は同じだが、細部は毎回違った展開になる。そうじゃないと怪獣に勝つ可能性もなくなってしまう。

笹秋と一緒に戦えたのは五回のうち二回だけ、三回目のループのときと今回だけだ。前回出会ったとき、わたしは五十六歳で、笹秋は十二歳だった。

ループ&ループ。わたしの能力。『自身の生命と引き換えに、一度だけやり直すことができる』のだ。

ただし、スタート地点は地球が誕生する瞬間からだ。

さあ、もう一度戦おう。

――怪獣襲来まで、あと四十六億年と、三二六日。

送られた画像で「ない本」をつくります。

画像提供者　@uekazu_k

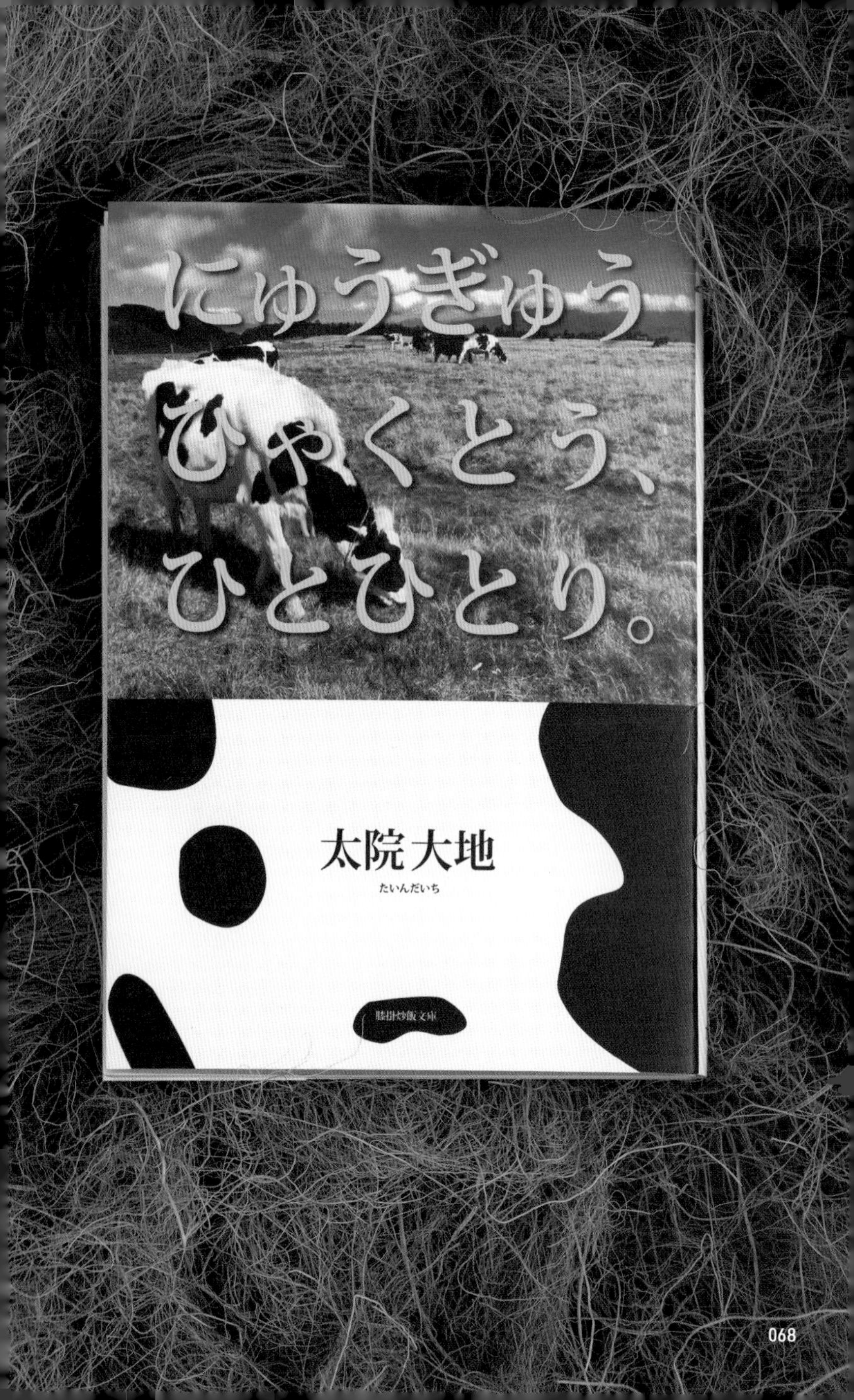
にゅうぎゅうひゃくとう、ひとひとり。
太院大地
たいんだいち
膝掛炒飯文庫

9A7654999000
12B4560005009
定価：本体714円（税別）
https://twitter.com/nonebook
FICT ¥714E
招待状を受け取った十三人の男女。「最後のひとりになるまで、殺し合いをしていただきます」借金を背負う崖っぷちの会社員・河野浩は支給される武器の欄を見て頭を抱えた。『乳牛100頭※土地付き』ゲーム当日、意識をとりもどすと広大な土地にひとりきり。対戦相手たちの姿も見えない。何はともあれ、ゲームに勝つには生き抜かなければならない。この牛たちと共に。解説・桜望梅。
ほ 10 10

太院 大地 Daichi Tain

1970年沖縄県生まれ。北海道中札内村在住。頻繁に引越しを繰り返すことで知られ、「日本で一番連絡がつかない作家」と称される。出版社に転居の知らせが届くころには次の引っ越しの用意が終わっていたという逸話もあり、もっとも多いときは1年で7回転居した。引越しの度に北上していくため、近しい同業者やファンからは、桜前線からとった「さくら」というあだ名で呼ばれている。

騒動館文庫

にゅうぎゅうひゃくとう、ひとひとり。

太院大地

　ゲーム開始から三週間が経った。

　季節は夏から秋に移り、明け方は少し冷えるようになってきた。このままでは殺し合うよりも先に、冬の寒さで参ってしまいそうだ。

　あの小屋で冬を越すのはしんどいだろう。この土地に雪が降るかはわからないが、もし降るのなら対策は必要だ。

　そういえば牛はどうなんだろう。北海道とか寒い地域で育てているイメージがあるから、寒さには強いんだろうか。小屋に帰ったらマニュアルを確認しよう。河野は牛たちを見ながら漠然と考えた。

「河野さーん、餌やり終わったよー」

　牛舎から朝の餌やりを終えたミサキが出てくる。

　三つ編みおさげにオーバーオール。出会ったときは金髪ボブに革ジャンだった彼女も、この半年の生活ですっかり酪農家の娘になっている。

「よし、じゃあごはんにしようか」

小屋に戻って食事をとる。一緒に食卓を囲んでいるが、二人は本来は殺し合う関係だ。

ことの発端は奇妙な招待状だ。

『おめでとうございます。ゲームの参加権が当選しました』

河野は最初、何かの冗談かと思った。それか詐欺だ。映画や漫画で似たようなものを見たことがあったので、それを真似たドッキリ企画かもしれない。でも、ドッキリをしかけてくるような友達に心当たりはなかった。友達と呼べる人からは全員と縁を切られている。

原因は借金だ。そしてこんな荒唐無稽なゲームにそれでも参加しようと考えたのも借金が理由だった。完済して真っ当な暮らしに戻るには、どんなに荒唐無稽な話でもすがりつくしかなかったのだ。

ミサキもこのゲームの参加者だ。一週間ほど前にこの牧場に迷い込んできて以来、なぜか一緒に生活をしている。

なので当然、ミサキも凶器を持っている。彼女に支給されたのは刃物が仕込まれている殺人ヨーヨー。一度試して足を切ってからは使っていないそうだ。

河野にも当然武器が支給された。案内人と名乗る男に誘われ、黒塗りの高級車に乗った途端に意識を失い、目を覚ましたときにあったのは一枚のメモ。そこに記載されているのが河野の武器だった。

——乳牛百頭　※土地付き

これが冗談ではないのだから困ってしまう。河野が目を覚ました場所は、実際に百頭の乳牛が飼われている牧場だった。

メモとともに残されていたルールブックには、このゲームの勝利条件が書かれていた。十三名いる参加者の最後の一人になること。つまり殺し合えということだ。

「乳牛でどうやって戦えばいいんだよ……」

あまりの内容に呆然としてしまった。いつ襲われるかわからないまま、気を張って過ごして半日。何も起きずに緊張を解いたとき、猛烈な空腹を感じた。生き残ることが条件なら、生きるしかない。

幸いなことに食料の確保はできそうな状態で、住むところもあった。

酪農の知識などまるでない。小屋の棚にマニュアルがあったので、その通りに動いてどうにか凌いできたが、一人では限界だった。あたまを抱えているところに、二週間食うや食わずでギリギリ生き抜いてきたミサキが転がり込んできた。

農業高校を出たというミサキが加わったことにより、生活は劇的に改善した。「でもわたし森林科だよ？」と自信なさげにしていたが、まったくの素人である河野より戦力になった。一週間の奮闘で、どうにか生活が成り立つようになってきた。今日も牛たちの世話で一日が終わる。

そう思ったとき、ミサキの大声が聞こえてきた。

「ねえ！　来て！」

指す方を見ると、地平線の向こうから、夕日を背負って白髪の男が歩いてくる。こんな極限状況だというのに、顔にはメイクらしい装飾をほどこしており、左目の周囲にひび割れが描かれている。

「あれは、どうみても敵だよな」

「敵だよね」

男が持っているのは、どういう仕組みになっているのか、弦をかき鳴らすとギターのネックから火が噴き出す火炎放射器ギターだ。

「カッコイイ！」

ミサキは香気に目を輝かせる。

「あれで焼かれたら、苦しいだろうな」

彼がゲームの参加者で、火炎放射器が支給された武器だとしたら、河野たちはそれで攻撃されることになる。

声が聞こえる距離まで来たところで、ミサキが叫んだ。

「新曲聞きましたー！」

「な、なんだよ、それ」

「いや、ヴィジュアル系バンドの人かと思って、ファンだと勘違いしてくれたら攻撃をやめてくれるかと……」

「アホか」

突拍子もない行動だったが、敵意がないことは伝わったようで、それまで威嚇のように吹き上げていた火炎放射器がとまった。

近づいてきた男は、弱々しい声で言う。

「頼む。食料をわけてくれ……」

やつれた顔は限界が近いと示していた。

「だよね、こうなるよね」

ミサキと河野は、顔を見合わせる。

「労働力が増えたな」

ちょうど小屋の修繕で男手が欲しいところだったんだ、と河野は笑った。

——ゲーム開始から二十七日。残り六人。

送られた画像で「ない本」をつくります。

画像提供者　@Pt84khorazm

ベストシーズンライクアドリーム
Natsumi Josyu
The best season like a dream
丸山文庫

FICT ￥714E
https://twitter.com/nonebook
9A76549999000
12B4560005009
定価：本体714円(税別)
丸山書店
「逃げた蟹を捕まえて」「木魚に落書きした者に天罰をくだそう」「娘のおさげが盗まれた」「万引き犯が落とした財布を返してあげたい」「母親の整形がばれないように知恵を貸してくれ」商店街唯一の若手・緑川創の元に舞い込むのは少し変な依頼ばかり。家業の合間に解決していく創は、商店街の異変に巻き込まれる。七つの店に飾られていたはずの大黒天の像がひとつ残らずなくなっていたのだ。異変の裏には、かつてこの町に住んでいた探偵の影が……？　愛する土地の変容に若者はどう立ち向かう。青春スラップスティックミステリ開幕！

常秋夏短　**Natsumi Josyu**

1970年兵庫県生まれ。大阪区立大学卒業。在学中は大大推理小説大研究会(おおだいすいりしょうせつだいけんきゅうかい)に所属し、当時のメンバーと後にクリエイター集団『グループDNB』を立ち上げる。ミステリ、青春小説、コメディなど、作風は幅広く、各分野に根強いファンを持つ。

ベストシーズンライクアドリーム

常秋夏短

「おい二代目、何やってんだ」

商店街を歩いていたら、遼平さんに声をかけられた。

「俺は四代目です」

うちの豆腐屋はひい祖父さんが始めたので、順当に継げば俺が四代目ということになる。クリーニング屋の息子である遼平さんは、おっさんばかりの商店街のなかで、唯一の同世代だ。三十を超えた今でも実家に残っていて、店が暇なときはこうして昼間にふらふらしていることも多い。

「さっきサラダ亭で昼飯食べてたら、住職に捕まって、何でも大黒天が盗まれたとか」

「住職なら、木魚に落書きされたって言ってなかったか？」

「それは床屋のところのガキが犯人。位置情報ゲームの記録が証拠になって、親と一緒に謝りに行かせて解決済みです」

「さすが二代目」

「四代目」

早起きが苦手なので、できれば豆腐屋などには生まれたくなかった。昼まで寝ていられる仕事がいい。便利屋とか、探偵とか。

俺が生まれる前の話だが、この商店街には、探偵がいたらしい。

探偵が事務所を開いていたサラダ亭の二階は、今でも空き部屋になっていた。探偵のことが忘れられない遼平さんは、俺のことを勝手に二代目と呼ぶ。二代目探偵だ。継いだつもりはない。

「サラダ亭で集会やってるおっさんたち、揃って店の前に大黒天を飾ってたじゃないですか、あれがなくなったって、相談されたんですよ」

「あれ、けっこう重いのにね」

被害に遭ったのは、定食屋、クリーニング屋、電器屋、古本屋、眼鏡屋、八百屋、そして豆腐屋もだ。木彫りの大黒天は、ボウリングの玉三個分くらいのサイズと重さがある。簡単に持ち運べるものではない。

「アキヒトさんが、町を離れるときに、お守りだって残していったんだ」

かつて住んでいた探偵の名は、アキヒサアキヒト。

「大黒天だけ七個?」

揃えるだけでも大変だったろうに。

「七個なんだから、七福神で揃えればいいのにな」

残された大黒天は、各々が店先に飾っていた。豆腐屋と電器屋、古本屋は入口の側に、クリーニング屋は店内のカウンターの上に、眼鏡屋と八百屋は店頭に、サラダ亭は庇の上。クリーニング屋を除いて屋外に置かれているので、雨風にさらされていた。その割に劣化はしていないが、盗まれるほど価値のあるものでもない。

夜まで暇だという遼平さんと連れ立って、全ての現場を確認して写真に収める。

「最近の若い子はなんでも写真に撮るなあ」

遼平さんだって十分若い。少なくともこの商店街のなかでは。

「俺は記憶に頼らないんです」

大事なことから消えていく。信じられるのは記録だけだ。

時間をかけて商店街を歩き回ったが、収穫は何もなかった。証言通り全ての大黒天が消えているし、店主たちにも心当たりはないという。

事件に進展があったのは、その翌日だ。

大黒天が帰ってきた。知らせをうけて他の店にも確認したが、すべて元の場所に戻されていたらしい。ただし全部ではない。うち以外の六個だけだ。もし豆腐屋の店先に戻ってきていれば、誰よりも早起きのうちの親父が真っ先に気付いているはずだ。

「なんでうちだけ、大黒天が戻らなかった？」

二代目探偵は考える。そして出た答えを確かめるため、遼平さんを呼び出した。

「どうした？」

俺を挑発するように、鍵は開いていなかった。待ち合わせ場所はサラダ亭の二階。かつて探偵が住んでいた部屋だ。

「つまり、そういうことなんですね」

がらんとした部屋には、真っ二つに割られた大黒天が残されていた。木彫りの大黒天の中は空洞になっていて、おそらく何か重要なものが隠されていた。

「大黒天を盗むとして、困難な場所が一ヶ所と、不可能な場所が一ヶ所あったんですよ」

困難な場所とは、サラダ亭だ。長い脚立を用意したとして、庇の上にある重たい大黒天を抱えながら降りるのは危険過ぎる。それに夜中とはいえ、脚立のような目立つものを持ち歩いていたら、自分は泥棒だと主張しているようなものだ。

だったら、二階の窓から外に出て、部屋の中に引き入れた方が簡単だ。

「この空洞を見るに、みんなの探偵さんは、七つの大黒天のどれかひとつに、何か大切なものを隠してこの町を去った。そしてそれが必要になったから、回収しにきた」

どの大黒天に入れたのか、本人にもわからなくなった。だから一度全部回収して、正解を見極めてから割って中身を取り出した。

「割ってしまったのだから、戻そうとしてもひとつ足りない。そのひとつがうちになったのは、戻す過程で親父と鉢合わせる危険性があったから」

「なるほど、だけどそんな話を、なんで自分に？」と遼平さんは笑う。

「そもそも、クリーニング屋だけは、盗めないはずなんです」

唯一店内に飾ってあったのだ。盗もうとするなら、店内に侵入する必要がある。だったらもっと簡単な方法がある。店の人間に頼めばいい。探偵に心酔する人物なら、当然引き受けるだろう。

「アキヒトさんが帰ってきたんだよ」

遼平さんの目が輝く。その横顔を見て、ざらりとした何かが胸を撫でた。

大黒天がただの福の神ではなく、破壊と戦闘を司る神だと知るのは、もっと後のことになる。

今思い出してもあれは、まるで悪夢のような秋だった。

送られた画像で「ない本」をつくります。

画像提供者　@mur_652

玉造高校
巨獣配膳部
氷見原郎堂
七色文庫カラフル

奈良県にある玉造高校には、珍しい部活がある。「巨獣配膳部」。裏の山に住む巨獣に餌を与えることを主な目的として活動している。進学と同時に引っ越してきた夏村涼美は初めてできた友人・小春の勧めで入部するが、大マトン、猛羊蹄、ラムロングロングテールなど、全長十メートル以上もある巨獣たちの世話はいつも命がけ。日々の交流を通して絆を感じ始めた涼美だったが、山の主に異変が起きて……。
9A76549999000
12B4560005009
定価：本体714円（税別）
https://twitter.com/nonebook
FICT ¥714E

氷見原 郎堂 Roudou Himihara

1982年、高知県生まれ。『羊毛男の海水浴』で七色新人賞を受賞しデビュー。寡作で知られ「前作の印税を全部使い切ってからじゃないと次作に手をつけない」と噂されている。実際に『空飛ぶシープ』が映画化し大ヒットして以来、8年新作が出ていない。そのためファンからは「もう二度とヒット作を書かないでほしい」との声もあがる。弟は作家の宇治原平等。

玉造高校巨獣配膳部

氷見原郎党

「夏村涼美です。幼稚園のころまでこっちに住んでたんですけど、引っ越すことになって、親の都合でまた戻ってきました」

前にいた地域では、それだけ言えば親が離婚して実家に帰ってきたのだと通じるが、ここではそうではなかった。だけど、その大らかさが、今の私にはありがたかった。

高校に入学して初めてできた友達は、小春という小柄で可愛らしい子だった。私にないものをたくさん持っていて、うらやましくて、まぶしい。

そんな小春に連れられて行った部活見学で、私は運命の出会いを果たす。

「なにこれ、かわいい！」

高校の裏山にいたのは、巨大な羊だった。小学生のころ動物園で見たものの二倍はある。大マトンという種族だと小春が説明してくれた。手入れが行き届いているのか、毛がたんぽぽの綿毛のようにふわふわだ。

「この子はまだ子供だからね。巨獣と言うには小さいんだ」

背後から現れたのは、ジャージのうえにオーバーオールを着た男子生徒。ここの部長をやっているという。手にはバケツと農業用フォークを持っている。

「巨獣？」と首をかしげると、「涼美は引っ越してきたばかりなんです」と小春が説明してくれる。どうやらこの地域の人なら知っていて当たり前のことらしい。

もじゃもじゃ頭で目が細い部長は、大マトンの子供を見ながらさらに目を細める。

「親は象くらいあったから、この子はまだまだ大きくなります」笑った顔は、ヤギに似ていた。

ふわふわの大マトンに一目惚れした私は、すぐさま入部を決めた。部活の名前は『巨獣配膳部』。学校の裏山に生息する彼らの世話をするのが活動内容だ。

「私、部活決めたよ」と小春に告げると「えっ、うそ」と驚いていた。ただ単にこの地域の珍しいものを見せようとしただけで、小春自身は入部する気はまったくないという。放課後に部長のもとへ行くと「えっ、うそ」と同じ反応が返ってきた。

「とりあえず一日やってみればわかるよ」

その言葉の意味は、すぐに理解できた。

「これを、毎日ひとりで？」

息があがって喋るのもやっとだ。巨獣たちは基本的に放し飼いで、山から出ることは基本的にないらしいが、それでもどこに出没するかわからない。その巨体に見合った量のエサを運ぶだけで一苦労だ。猫車を押しながら何往復もする必要がある。ダチョウの卵ほどある糞をシャベルで回収するのも部員の仕事だ。

「去年の冬まではケンスケって部員がいたんだけどね」

それでもたった二人だ。

「猛羊蹄って巨獣がいてね、見た目は大きな木なんだけど、これがよく動くしたまに暴れるんだ。運が悪かったんだ。ケンスケも注意していたんだけど、左脚を骨折して」

そこまで話すと、部長が暗い顔になる。

「猛羊蹄は施設に収容されて、ケンスケは結局、退院しても学校に戻らなかった」

友達と巨獣を同時に失った哀しみを想像できなくて、慰めることもできなかった。

「部長は、なんでひとりになっても続けるんですか?」

「彼らが好きだから」

巨獣たちを見つめる横顔は、やっぱりヤギに似ていた。

「元は市が管理していたのだけど、予算の無駄だという声があがって、元々ボランティアとして手を貸していたうちの高校で部活として取り組むことになったのが五年前。だから、僕が諦めたら、巨獣たちはいくところがなくなってしまう」

そんなのおかしい。

「私、入部します！」

引っ越してきたばかりで、町に対する愛着なんてない。ふわふわの大マトンをかわいがるだけなら、入部する必要はない。だけど、この人をひとりにしてはいけない気がしたのだ。

夏休み中、巨獣達の世話をしてたら、日焼け止めは欠かさず塗っていたにもかかわらず、すっかり真っ黒になってしまった。中学時代の友達に会いに行っても、すぐには私だと気付いてもらえないかもしれない。転校してすぐはやたらと声をかけてきた男子たちも、あまり寄りつかなくなった。

山に異変が起きたのは、二学期が始まって少し経ったころだった。

「もしかしたら、ヌシの目が覚めたのかも」

山が揺れたのを察知して、部長が不安げに言う。

「猛羊蹄がいなくなって、バランスが崩れたんだと思う。このところ様子がおかしかった」

巨獣のことは部長が一番詳しい。つまり、他の誰にも頼れない。

「会いに行かなきゃ」

ヌシが住む山に登るには、巨獣に乗って行くしかないが、巨獣は基本的に人を乗せない。

「待って、私も行く」

一番人に慣れた大マトンになら、私だって乗れるはず。

「君が行く必要はない！」

「だって、誰かがやらなきゃいけなんでしょ！」

この町の人は誰もやりたがらない。だったら、よそ者の私がやってもいいはずだ。

「君はこの町の人間じゃない。僕が責任を果たさなきゃいけない」

他に誰も責任なんて果たそうとしていないのに、部長だけはそう叫ぶ。この町でただひとり、部長だけが愛を持っている。

「私も仲間に入れてよ！」

喉がちぎれんばかりに叫ぶ。町の一員になりたいだなんて思わない。だけど、部活の一員としては認めてほしい。たった数ヶ月でも、私はこの子達と過ごしたのだ。

本当なら全部ぶっ壊してやりたかった。山のヌシとやらも。部長にこんな顔をさせる町も。この世界も。だけど、それは部長が守ろうとしているものでもある。

引き裂かれそうな想いを抱えたまま、私たちはヌシに会いに行くために、巨獣に跨がった。

送られた画像で「ない本」をつくります。

画像提供者　@study_shinumade

失踪前夜
紫亜 麻希猫

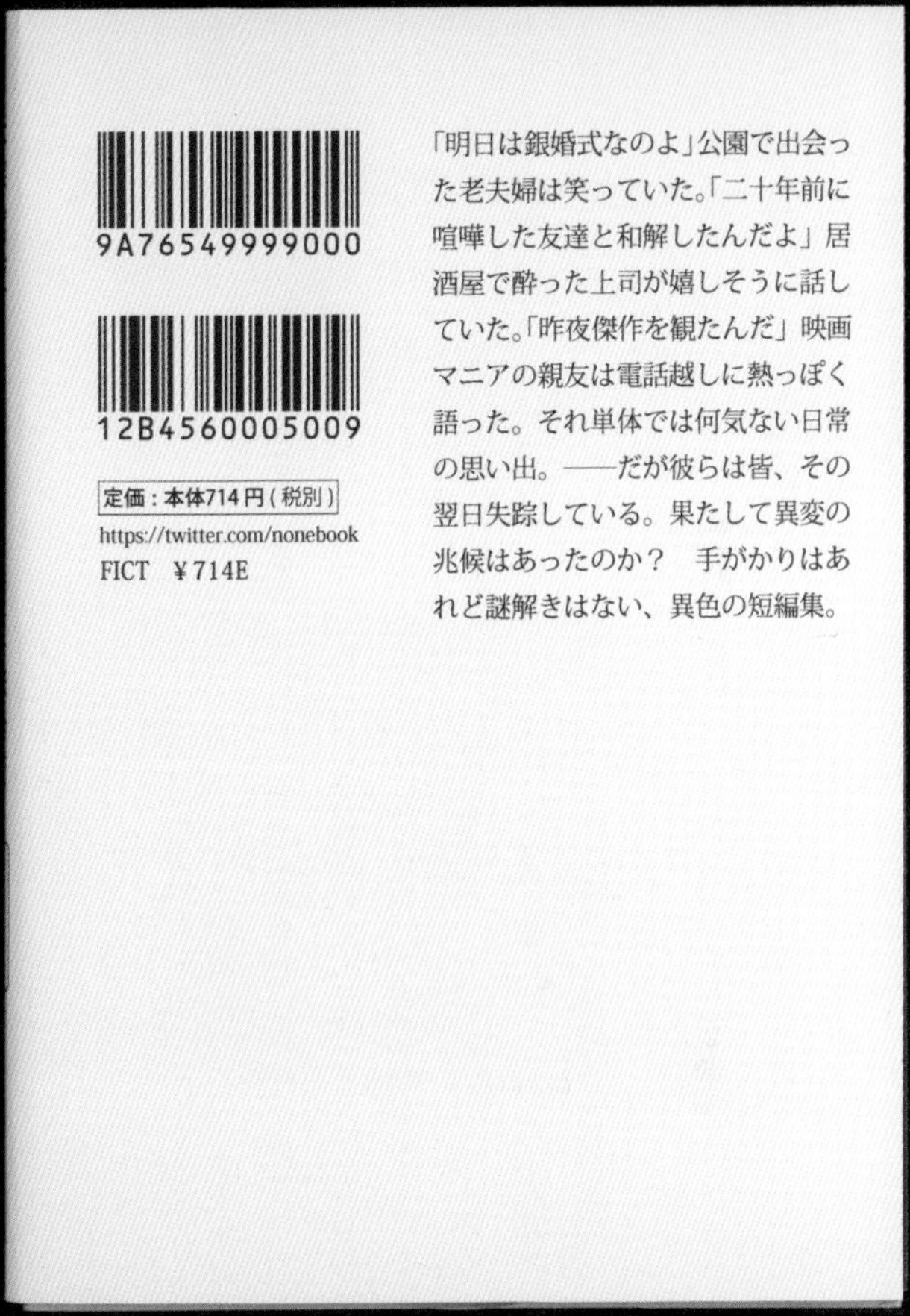
9A76549999000
12B4560005009
定価：本体714円（税別）
https://twitter.com/nonebook
FICT ￥714E
「明日は銀婚式なのよ」公園で出会った老夫婦は笑っていた。「二十年前に喧嘩した友達と和解したんだよ」居酒屋で酔った上司が嬉しそうに話していた。「昨夜傑作を観たんだ」映画マニアの親友は電話越しに熱っぽく語った。それ単体では何気ない日常の思い出。――だが彼らは皆、その翌日失踪している。果たして異変の兆候はあったのか？　手がかりはあれど謎解きはない、異色の短編集。

紫亜 麻希猫　Makine Sia

1989年秋田県生まれ。2006年、高校在学中に夕栄社が主催する『漫画ストーリーチャンプ』で十三代目チャンピオンに輝き、同年、読み切り「宇宙監督」（作画：大鳥居ジュン）で誌面デビュー。翌年、高校卒業と同時に『惑星のディスコ』（作画：岩下志願）を連載開始。2016年完結。漫画原作と平行し小説の執筆も手がけ、精力的に活動を続けている。

失踪前夜

紫亜麻希猫

「傑作を観たんだ」

電話がかかってきたのは、深夜零時過ぎ。深夜のお笑い番組が終わり、興味のないドラマの再放送が始まって、そろそろ風呂でも入って寝ようかという頃合いだ。

「もしもし、なーに？」

こんな夜中に電話をかけてきたのは中学の同級生、宮崎旬だ。当時はたまに話したりグループで数回遊びに行った程度の仲だったが、上京して就職したあとに偶然再会し、不思議と話が弾んで三ヶ月に一度くらいのペースで連絡を取り合うようになっていた。

「すごい映画だよ。あれは」

話がわかりにくいのはいつものことだが、今日はやけに一方的だ。口調は穏やかだが、興奮しているのだろうか。今までにも何度か似たようなことがあった。いい映画を観ると通話やメッセージがきて教えてくれる。ただ、いつもはもっと常識的な時間に連絡があった。

「何を観たの？」

私は旬と違って映画マニアではない。年に数回は劇場に足を運ぶし、レンタルビデオ店に足繁く通った時期もあったから、一般的な水準よりはよく観る方だとは思うけど、映画好きを名乗れるほどではないし、むしろ名乗ることを避けている。

そんな中途半端な知識しか持たない私でも、旬は映画の話が通じるというだけでも仲間だと言ってくれた。

「映画を観ていて、カメラを意識したことがあるか？」

唐突に映画論が始まった。いつもならもっと丁寧に説明してくれるのに。

「あったとしたら、それは駄作だ。真の傑作はカメラの存在なんて完全に意識させない」

アクション映画の傑作を観ているとき、その場で実際に起こっているような臨場感を感じることはある。

「つまりカメラはいつも、そこにあったんだ。気づけないだけで」

「なに？　どういうこと？」

「誰もいない森で木が倒れても、それをカメラだけは撮っている」

急に話が飛躍する。映画の話ではないのかな。

「傑作の条件ってなんだと思う？」

急にそんなこと言われても、わからない。

「人を変えることだよ」

「映画が？」

「観る前と観た後で、決定的に人生が変わるんだ」

私は、そんな重苦しいものばかりが傑作だとは思わない。ただ単純に楽しめるエンタメの傑作だって何本もあるはずだし、そういう方が好きだ。

でも、映画好きの旬が言うなら、そうなのかもしれない。

「人生は常に変化する……」

急に人生の話だ。よほど深い内容の映画でも観たのだろう。

「全部これから始まるんだ。いやすでに始まっている。カメラはそこにある」

その言葉を最後に通話は切れた。妙だと思ったが、かけ直さなかった。旬と話すのが、怖くなったから。だけど、あのときかけ直していれば、違う結果になったのかもしれない。

翌日、旬は失踪した。

旬の両親は興信所まで雇って探したらしいが、消息は掴めなかった。私は旬の言っていた傑作とやらを探し求めたが、それを見つけることはできなかった。本当にそんな映画があったかも、今となってはわからない。

旬との思い出は、いつも映画が関係している。中学生のとき、男女七人で映画を観に行ったことがある。旬はそのときのメンバーだ。ＳＦの大作で、正直あまり好みではなかったけど、私と仲の良かったメイコが旬の友達のマキヤのことが好きで、それでとにかくみんなで映画に行くことになった。

大人になって旬と再会したとき、話題のひとつはその映画についてだった。ちょうど十五年ぶりに新作が公開され、シリーズが再開するとニュースにまでなっていた。

せっかくだから、観に行こうと誘われて、そのまま映画館へ向かった。

大人になって映画を観る機会も増えていたので、当時よりは話の内容を理解できたが、当時より楽しめたかはわからない。

旬は、続編が公開されたらそれも一緒に観ようと言ってくれたが、その約束が果たされることは、ついになかった。

送られた画像で「ない本」をつくります。

画像提供者　@staygoldsanku

最後の鍋
伊塔東太郎
上
潮流社文庫

9A76549999000

12B4560005009

定価：本体714円（税別）

https://twitter.com/nonebook

FICT ￥714E

三葉虫を見た感想は？　まずい鍋を食べた？　キリンと手を繋いだこと覚えてる？　最後にセミの声を聞いたのはいつ？　つらい感情を消すかわりにひとつ『どうでもいい思い出』を奪う男・北上の元に現れたのは記憶が存在しない少女・瓶。記憶よりテディベアが欲しいという瓶を連れてデパートへ向かった北上だったが、帰り道を思い出せないことに気づき……。

伊塔 東太郎　Toutaro Ito

福井県出身。本名・山田定男。江本哲史賞に投稿した『猫の骨、海の底』でデビュー。当初は年齢、性別、経歴全て不明の覆面作家として活動する計画だったが、デビュー作が出版された後、舞い上がった伊塔が自主的に書店巡りを始めてしまったため、なし崩し的に計画は立ち消えとなった。紫亜真希猫、木佐天仁らが共同で主催するトークイベントに乱入し出禁を言い渡されている。

文化が押し寄せる
潮流社文庫

セミの声最後の鍋

伊塔東太郎

上

似た力を持った首飾りが出てくる映画があるらしい。

映画を観たわけではない。昨日奪った記憶のなかにでてきたのだ。記憶の持ち主は三十代の男性で、代償として差し出したのが『最後に観た映画の記憶』だった。

北上亜燐は、十七歳で事故に遭って以来、特殊な能力が備わっていた。記憶をひとつ奪う代わりに、現在抱えている苦痛を取り除くことができるのだ。

北上本人にも仕組みはよくわかっていなかった。指先から伝わるピリッとした感触から、神経と電気に関わる何かだと推測はしていたが、それ以上は何もわからなかった。調べてもらうつもりはない。仮に原理がわかったところで、電子レンジにはものを温めることしかできない。

この能力の存在が判明したのは、母の記憶を奪ったからだ。

事故に遭って入院し、目を覚まさない北上の手を、母はずっと握っていた。

「この子の手を握っていると安心するの」

周囲の人間は、これを親子の愛だと解釈したが、実際はもっと奇怪で不自然な働きによるものだった。北上は意識を失っている間、母についての夢を見ていた。自分と母についての思い出ではない。母の幼少期からの様々な記憶が流れ込んできていた。ここで初めて、母と父が再婚だということ、自分は父の連れ子で母と血のつながりはないことを知った。

目が覚めて、それが夢ではないと知ったとき、母は人生の記憶の大半を失っていた。

何もできなくなった母は、今も父に守られて生きている。苦痛を感じることはなく、いつも薄く笑みを浮かべて幸せそうだ。

呪われた力だと思った。だけど、封印するつもりはなかった。棒を持っていたら、振らずにはいられない。使っているうちに、もっとうまく扱えるようになれるかもしれない。

中

成人した北上は、知り合いの古本屋の二階に部屋を借りて、オフィスを構えた。苦痛を取り除く能力は、現代の日本では高い値がつく。宣伝は一切していないが、それでもこの十年、毎日数人の客がここを訪れた。

「北上さん？」

客だ。白いブラウスに長いスカート、四十代くらいの上品な雰囲気の女性が入り口付近に立っている。

「あの、この子を、お願いします」

背中を押されて少女が部屋のなかに入ってきた。親に連れられて来たり、お年玉を貯めて自分で来たり、受験勉強に疲れた高校生や、いじめに悩む中学生など、最近は客の年齢も下がってきつつあった。今回の客はそのなかでも最年少。おそらく十二、三歳だろう。落ち着いた様子だが、もしかしたら小学校も卒業していないかもしれない。

「あの」

気がつくと、女性は消えている。目の前には、助けを求めるようにこちらを見つめる少女だけが残された。手には封筒が握られている。なかを検めると、施術代がちょうど入っていた。

とにかく客は客だ。先に苦痛を消してあげようと、額に手をあてる。触れてさえいればどこでもいいのだが、これが一番それらしく見える。

「……ない」

驚いた。こんなことは初めてだ。この少女には、記憶そのものが存在しなかった。

いくらなんでも今ここに来るまでの記憶があるはずだ。何度か施術を試みたが、まったく反応はない。

「名前は？」と、少しでも手がかりが欲しくて尋ねる。

記憶のない彼女は、首から提げていたカードを見て、その名を読み上げた。

「瓶」

そうか、空っぽなのか。

下

報酬を受け取ったからには、仕事はやりきらなければならない。

瓶を連れてきた女性は、姿を消したきり戻らなかった。唯一手がかりといえるカードには名前と血液型だけが書いてある。

「どこから来た……かも覚えてないんだよな。よし、じゃあ、どこに行きたい？」

瓶に問いかける。しばらく一緒にいることが決まったなら、仲良くした方がいい。

「……ぬいぐるみがほしい」

どこ、と尋ねたのに、欲しいものを答えてきた。

もしかしたら、瓶は見た目よりも幼いのかもしれない。常に苦しそうな表情をしているせいで、実際の年齢よりも大人びて見えるのだ。

「デパートに行こう」

金はいくらでもあったし、使うあてもない。タクシーに乗って二人でデパートへ行く。ここならテディベア専門店が入っている。素敵な店に、瓶も上機嫌だ。たっぷり一時間以上悩んで、お迎えする子を決めた。最初は二メートルもある巨大なクマを欲しがっていたが、結局瓶が抱えられるくらいのサイズのものに落ち着いたので、ほっとした。

嬉しそうにクマに抱きつく瓶へと、北上は手を伸ばす。

今なら能力を使えるはず。このためにデパートまで来たのだ。今なら瓶のなかにも『デパートでテディベアを買った』という記憶が存在する。北上が瓶の額に手をあてて、記憶と苦痛を奪い取ろうとしたそのとき、「やめて!」と、瓶が北上の手を払った。「わたし、何も忘れたくない」

記憶を失い空っぽのはずの瓶だったが、それでも意志は消えていなかった。

「よしわかった」

無理矢理押しつけられたような出会いだったが、北上は瓶のことが気に入っていた。子供はきちんと育てなければならない。まずは、素敵な思い出をたくさんつくろう。施術を行わなくても、そうすれば苦痛なんて忘れてしまう。

「ごめんよ。ひとまず、帰ろうか」

北上の提案に、瓶は頷いた。

送られた画像で「ない本」をつくります。

画像提供者　@chinkao

サボテンは枯れない
代藤寛充
水滴文庫
サボテンは枯れない
代藤寛充
水滴文庫
714

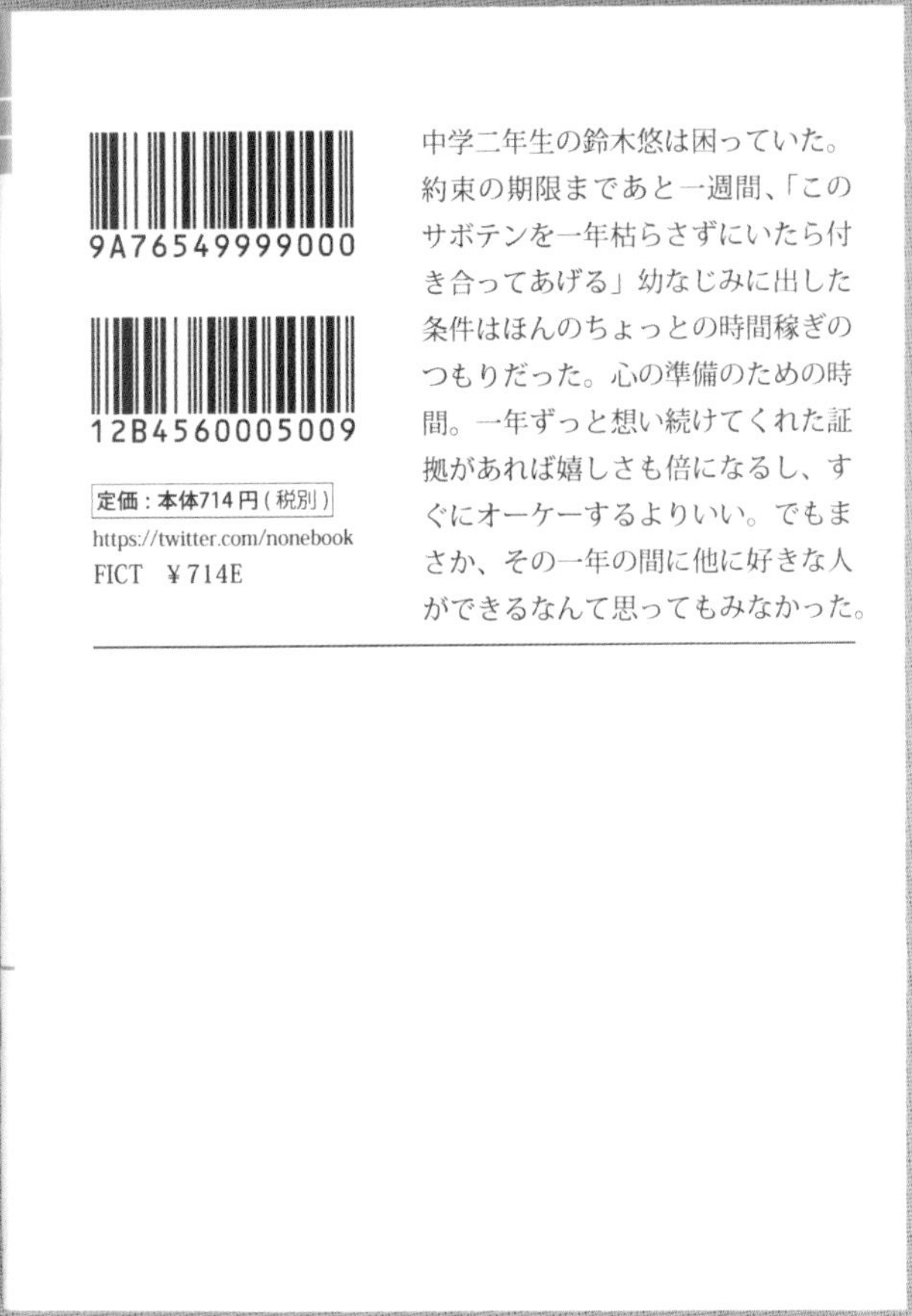
9A76549999000

12B4560005009

定価：本体714円（税別）

https://twitter.com/nonebook

FICT ￥714E

中学二年生の鈴木悠は困っていた。約束の期限まであと一週間、「このサボテンを一年枯らさずにいたら付き合ってあげる」幼なじみに出した条件はほんのちょっとの時間稼ぎのつもりだった。心の準備のための時間。一年ずっと想い続けてくれた証拠があれば嬉しさも倍になるし、すぐにオーケーするよりいい。でもまさか、その一年の間に他に好きな人ができるなんて思ってもみなかった。

代藤 寛充　Hiromitsu Daitou

1976年、東京都生まれ。稲庭大学卒業。七人姉弟の末っ子として生まれ、六人の姉たちに囲まれて育つ。破天荒で魅力的な姉たちのエピソードはエッセイ集『姉姉姉姉姉姉僕』（夕栄社）にまとめられ、1991年には衛星放送でドラマ化もしている。

サボテンは枯れない

代藤寛充

まだ早いと思った。それだけだった。

だって私たちまだ中一だから。付き合うとか、そういうの、まだ早いと思う。ちょっとした時間稼ぎをしたかっただけ。

「サボテンを買って、それを一年枯らさずに育てられたら、付き合ってあげてもいいよ」

幼なじみの新哉に告白されたとき、とっさに出た答えがそれだった。愛を証明してほしい。そんな私の要求に、新哉はいつもと同じ顔で、困ったようにくしゃっと笑った。

私だって新哉は好きだ。いつか誰かと付き合うなら、新哉以外には考えられなかったし、だから世話が簡単そうなサボテンを選んだのだ。

翌日、ケータイに写真が送られてきた。郊外のホームセンターまで四十分かけて自転車で買いに行ったらしい。

『なるべく丈夫そうなのを選んだ』というメッセージに『花屋なら、駅の裏にもあったのに』とだけ返した。本当は嬉しかったのだけれど、ここで隙を見せたら気持ちがばれちゃうかもしれない。

新哉は花屋の場所を知らない。だからわざわざ郊外のホームセンターまで行ったのだ。

『ちゃんと報告してよ』

そう念押ししておいたので、毎週金曜に写真が送られてきた。ちょっとした思いつきだったわりに、大成功じゃん。

『いいね』『ちょっと大きくなった』『花とか咲かないの？』返信はなるべく簡潔に済ませるようにした。うっかりすると一晩中でもやりとりを続けそうになるけど、わざとすぐに返信せず十五分待ったり、二十分待ったり、五分しか待てなかったり、ドキドキを楽しんだ。

夏休みになって、新哉から何度か誘われたけど、楽しみは来年にとっておくことにした。花火大会も夏祭りも、今年は見送りだ。お互いにそれぞれの友達と一緒に行って、会場ですれ違うだけのイベントになった。だけど、それでも十分ドキドキできた。中学生って最高に楽しい！

つかず離れずの心地よい関係のまま、秋になった。枯れちゃったらどうしよう、という心配をよそに、鉢植えはずっとキレイなつやのある緑色のまま。私が思っている以上に大切に育てているみたい。

『実はもう枯れてて、写真は撮りためてたやつだったりして』

『そんなわけないだろ』とテレビの画面を背景に写真が送られてくる。生放送の音楽番組だから撮ったばかりの写真に間違いない。付き合うことになったら、カラオケにも行きたいな。

冬になり、年が明け、三学期を過ごし、楽しかった中学一年生が終わった。

新哉と付き合い始めたら、何をしよう、どこに行こう。キスくらいならしてやってもいいけど、それ以上はやっぱりまだ怖いよね。そしたら次はどうやって時間を稼ごうかな。なんなら今度はもっと育てるのが難しい植物にしてもいい。

二年生になって初の登校日。新哉とは違うクラスだったけど、その方が都合がいい。ずっと一緒だと気が詰まるし、周りから冷やかされたら最悪だもの。

教室に入って友達に「おはよう」を言う。出席番号順に並べられた座席は、進級時特有のもので、ただの席替えよりまっさらな感じがしてワクワクする。

「おはよう」

涼やかな声は、私の隣の席から聞こえてきた。え、うそ、待って、こんな人、いた?

「お、おはよう」

大丈夫かな。声が変になってないといいけど。

隣に座る見覚えのない男子は、今までのどのクラスメイトとも違った、髪は男子にしてはちょっと長めで、だけど不潔な感じやだらしない印象はまったくない。サラリとした髪と、ニキビなんてひとつもない白い肌は、彼が特別な存在だと示していた。

キレイ、だなんて男子に初めて思った。

自己紹介のときにわかったが、今年度から転校してきたそうだ。

「わからないことがあったら聞いてね」隣の席の特権として、自然と会話の機会も増える。今までの生活も十分に楽しかったはず。でも、二年生になってからの鮮やかさと比べたら、一年生の時間なんて、退屈だったような気すらしてきた。

『大事な話がある』

新哉からのメッセージがいつもと違うトーンだったから、約束の一年のことを思い出した。どうしよう。絶対告白されちゃう。新哉のことが嫌いになったわけじゃない。だけど、一番だって、言えなくなった。

放課後、空き教室に呼び出された。わざわざ持ってきたのか、小さな鉢植えを大切そうに抱えている。

一年前と同じく、とっさに言葉が出た。

「それ、サボテンじゃない……」

青雲の舞。ツルボラン亜科、ハオルチア属。

実は、写真が送られてきた初日に気付いていた。新哉が育てていた植物は、見た目こそサボテンに似ているものの、正確にはサボテンじゃない。

「私はサボテンを育てってて言った。だから、まだ、付き合えない」

この気持ちに答えがでるまで、もっと時間が欲しかった。

新哉のことは、まだ、好きなはずだった。

「はあ？　お前、ふざけんなよ！」

だけど、その一言が決定的だった。

ふざけるな。いざというときに高圧的な態度をとるような男とは、一緒にいられない。私は、新哉に、大切にされたかった。

「ごめん、じゃあね」

説明の必要も感じなかったので、別れの言葉はそれだけだった。あんなにずっと一緒にいたのに、言葉一つで気持ちは変わる。

半年後、新哉に彼女ができたと聞いた。まだあのサボテンの世話を続けているかはわからないが、新哉の友達から聞いた話だと、まだ枯れてはいないらしい。

私には、もう関係のないことだけど。

送られた画像で「ない本」をつくります。

画像提供者　@tamika_satton

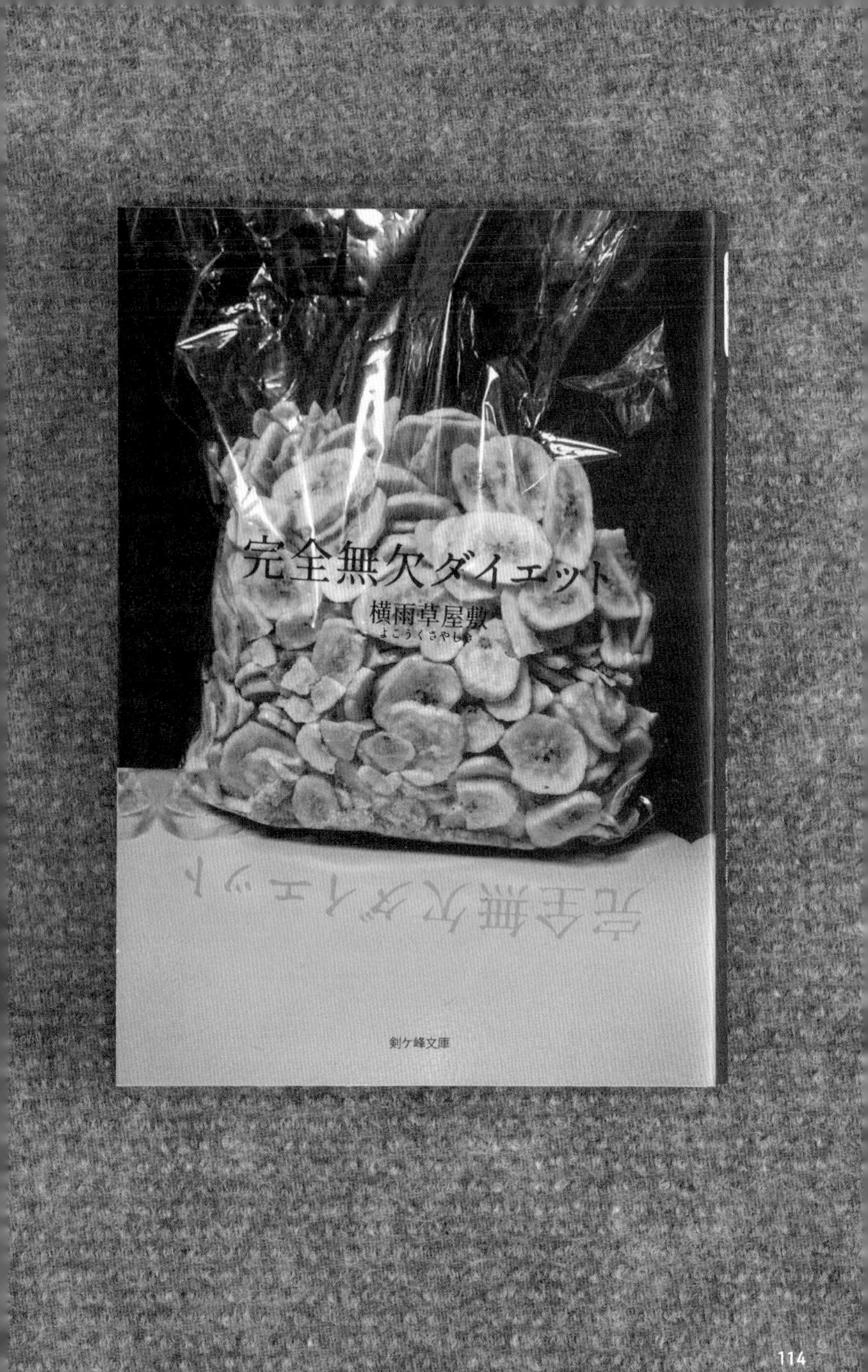
完全無欠ダイエット
横雨草屋敷《よこうくさやしき》
剣ケ峰文庫

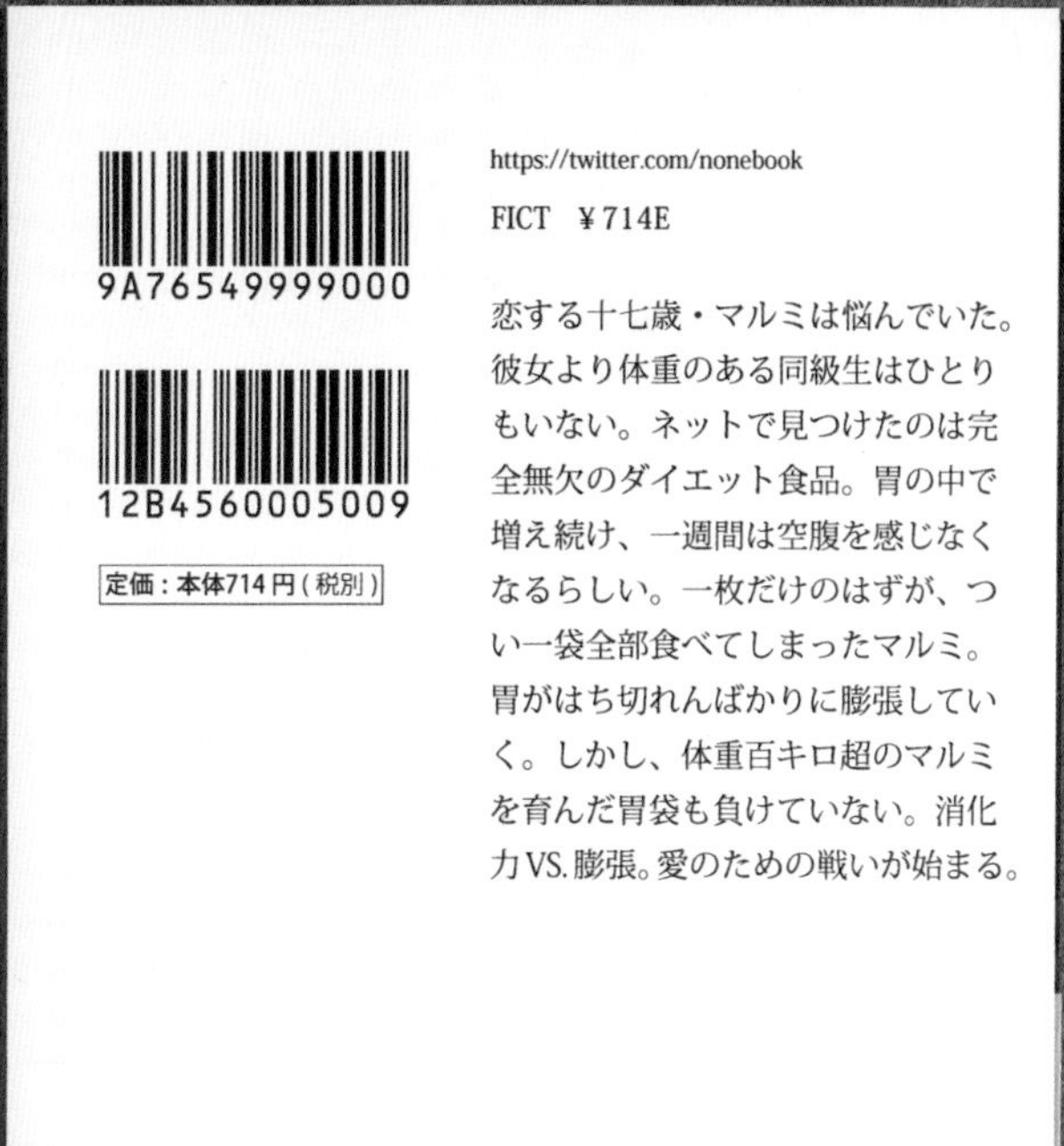
9A76549999000
12B4560005009
定価：本体714円（税別）
https://twitter.com/nonebook
FICT ￥714E
恋する十七歳・マルミは悩んでいた。彼女より体重のある同級生はひとりもいない。ネットで見つけたのは完全無欠のダイエット食品。胃の中で増え続け、一週間は空腹を感じなくなるらしい。一枚だけのはずが、つい一袋全部食べてしまったマルミ。胃がはち切れんばかりに膨張していく。しかし、体重百キロ超のマルミを育んだ胃袋も負けていない。消化力VS.膨張。愛のための戦いが始まる。

横雨 草屋敷　Kusayashiki Yokou

2000年、新装社より『虚構作者』でデビュー。デビューにいたる経緯や、本人の経歴やプロフィールが明かされていないため、「人気作家の別名義」「大物政治家の隠し子」など、さまざまな噂が飛び交っている。本人は噂に対して肯定も否定もしていない。実験的な作風で知られ、作品に連動して途中で本の天地が逆になる『文字の重力』や、さまざまな乱丁を意図的に仕込んだ『装丁の範囲外』など、印刷会社泣かせの作品が多数。

剣ケ峰文庫

完全無欠ダイエット

横雨草屋敷

いくらでも食べられたし、いくらでも消化できた。

高校二年生のマルミの悩みは、自身の健康すぎる体質だった。食べることが大好きで、目の前にあればなんでも食べてしまう。

五歳の誕生日では、母親がロウソクの準備をしようと台所に戻った一分足らずの間に、バースデーケーキを家族の分も含めてワンホールまるまる平らげてしまったことがある。

食べれば食べた分だけ大きくなるので、おそらく校内どころか市内にすら、マルミより重い高校生は存在しない。

しかし、そんな悩みとも今日でお別れだ。

「これさえあれば、痩せられる……！」

痩せたらシンヤくんを誘って、デートに行くんだ。これはもう決定事項！　誰にも邪魔されず、ふたりっきりで過ごすのだ。

マルミが手にしているのは、ネットで購入したダイエット食品だ。見慣れない言語が印刷された茶色いダンボールをあけると、なかから透明な袋と説明書が出てきた。袋のなかに黄色い板状の食品が入っている。

『一回一枚を目安に摂取してください。水で膨らんで空腹を感じなくなります』

アプリの広告で出会った。モデルのMANAKA

も愛用しているというのだから間違いない。これさえあれば、理想の体型を手に入れられる。

そっと袋を開けた。少し粉っぽいにおいがする。おいしそうではないが、ダイエット食品とはそういうものだ。これまでに七十九種のダイエット食品を平らげてきたマルミは、ダイエット食品には詳しかった。

「いただきまーす」

そっと一枚口に運ぶ。パリッという食感は小気味よかったが、味は感じない。ほとんど無味無臭。こんなもの食べて何が面白いんだ。

「念のため」

一枚だと足りないかもしれない。もう一枚口に運ぶ。一枚目と全く同じ味。

少し時間をおいてみたが、身体に変化はない。いつも通り空腹だ。広告の謳い文句では、たちまちお腹が膨れて、すぐ満腹になるって書いてあったのに。

「水分が足りないのかな?」

説明書にも水で膨らむと書いてあった。乾燥ワカメのようなものなのだろう。

部屋の冷蔵庫からサイダーのペットボトルを出してひと息で飲んだ。炭酸飲料は普通の水を飲むより満腹感を得やすくてダイエットに向いていると聞いたことがある。マルミはダイエット知識が豊富なのだ。

身体を揺らしてお腹のなかのものを混ぜる。ぐう、と音が鳴った。

「うそ……」

まったく効果を感じられない。いつも通り空腹は続いている。

「うそ、うそ、うそ」

次から次へと胃の中に放り込む。ぐう。腹が鳴る。マルミの身体は期待を裏切り、ダイエット食を消化し続けた。

「もう、なんなのよ」

休む間もなく胃に黄色い板を送り続ける。すでに百二十サイズのダンボールの中身の半分がマルミの胃に収まった。

「ふざけんじゃないわよ」

こうなりゃ全部食べてやる。必死に手と口を動かしていたマルミだったが、咀嚼音の合間に、ビッ、と何かが破れる音がした。マルミが履いているストレッチ素材のズボンが耐えきれなくなったのだ。

「なにこれ?」

ダイエット食は確かに膨張していた。しかしマルミの消化力は、膨張のスピードを上回った。その結果、何が起きたか。ダイエット食の栄養を吸収したマルミの身体が成長し始めたのだ。

いつの間にか部屋はマルミの身体で満たされていた。身長が伸び続け、ついに天井を突き破る。服が破れ全裸になったマルミは、しかし恥じらうことなくまっすぐ立った。成長は止まらず、身長はすでに五メートルを超えている。

エネルギーがすべて成長に使われたためか、マルミの身体は彼女が理想としていたスリムな体系に近づいていた。

誰よりも巨大なその身体は、しかし誰よりも、何よりも美しかった。マルミの美は圧倒的だった。

「今なら!」

美しく生まれ変わった姿を見せたい人はただ一人。マルミは、シンヤくんの住むマンションに向かう。

もう誰にも止められない。

これが完全無欠のダイエット食品だ。

ご注文は左記の番号まで今すぐどうぞ!

〇三―九二―E六―八五三四

送られた画像で「ない本」をつくります。

画像提供者　匿名希望

僕だけの耳長獣

文庫オリジナル

始島指針
Shishima Shishin

DNB文芸文庫

9A76549999000
12B4560005009
定価：本体714円（税別）
https://twitter.com/nonebook
FICT ￥714E
僕だけの耳長獣＊始島指針《しじまししん》
ある日教室の黒板に描かれていた怪獣の絵、クラスメイトの誰に聞いても作者はわからない。それからというものの同じ絵を至る所で目にするようになる。喫茶店の看板、すれ違った人のパーカーの柄、路地裏の窓、銭湯にいた男の入れ墨……。日本一気配り上手な小学生・仙道幸路の人生に紛れ込む小さな違和感を切り取ったシリーズ第二弾。

始島 指針　**Shishin Shijima**

栃木県出身。これまで書いた主人公がすべて12歳以下の少年のため『少年作家』と呼ばれ、本人も好んで肩書きとして使用している。一度、少年が小説を書いていると勘違いしたテレビが取材に来たことがあり、その際の舌鋒が評判を呼び夕方の情報番組に不定期で出演している。株式会社DNB代表。

僕だけの耳長獣

始島指針

よく気がつく子だねえ、なんて言われて育った。

誰に教育されたわけでもないが、目に入れば気になり、気になれば自然と身体が動いた。

重い荷物を持った人がいれば手伝ったし、人が通りそうならドアは押さえるし、エレベーターに乗り合わせたら「何階ですか」くらいは聞いて当たり前だ。父親のグラスが空いたのでビールを注ごうとしたら「そこまではしなくていい」と止められたこともある。

仙道幸路からすれば、全部気付いて当たり前だった。

だから絵に気付いたのも、幸路だけだった。進級したばかりの六年二組の教室、幸路が登校すると、黒板に落書きが残っていた。ふにゃふにゃな線で描かれたモンスターの絵だ。教育番組のマスコットにも似ていたが、それにしては耳が長い。

黒板が汚れていたら当番じゃなくても消す。幸路がモンスターの絵を消している姿は、教室にいた十数人は見ているはずだったが、後で幸路が絵について話したとき、覚えている人はいなかった。

「ユッキーはさ、気にしすぎなんだよ。別に黒板に絵なんて、よくあるじゃん」

「でも、同じ絵を他の場所でも見たんだよ。おかしくない？」

あの絵を消して以来、街中の至る所で同じ絵を目にするようになった。

通学路にある喫茶店の看板にスプレーで落書きされていたり、幸路が見つけた秘密の近道の路地でも曇ったガラスに誰かが指で描いた跡があったり、頻繁に見かけるのだ。

最近流行っているキャラクターなのかと思ってクラスメイト何人かに聞いてみたのだけど、誰も知らないどころか、黒板に描いてあったのも見ていないという。

「そんなのいちいち覚えてる方がおかしいよ」

漫画の続き、友達とのケンカ、新発売のゲーム、花火大会に誰を誘うか、違う中学校に進学する親友。もっと大切なことがいくらでもある。

それでも、気になる気持ちは止まらない。落書きだけなら忘れることもできたかもしれないが、さらに気になるものを見てしまった。

下校中にすれ違った男の人が着ていたパーカーのお腹の部分に、例のモンスターがプリントされていたのだ。呼び止めようかとも思ったけど、長髪でヒゲを生やした大人に声をかけるのが怖くてできなかった。「そのパーカー、どこで買ったんですか？」の一言が喉につかえて出てこない。

　次に見たのは銭湯だった。幸路のお父さんはサウナが好きで、たまに幸路も銭湯に連れて行ってくれる。サウナには入れてもらえないが、大きなお風呂に入れるだけでワクワクする。幸路は銭湯が好きだ。

　それを見たとき、幸路は声がでそうになった。だけど銭湯では騒いではいけないと教えられていたので、驚きの声をどうにか飲み込んだ。洗い場に座っているおじさんの二の腕に、例のモンスターの絵が描かれていた。洗っても落ちないということは刺青だ。

　風呂から出て、休憩しながらフルーツ牛乳を飲んでいるとき、幸路はお父さんに刺青の人について話した。

「あのな幸路。刺青をいれている人がみんな悪い人ってわけじゃないんだけど……」

　控えめな言葉で、あまり知らない人に話しかけないように、と注意されてしまう。

「パパはあのモンスターのこと知ってるの？」と尋ねると、お父さんはなぜか少し恥ずかしそうに笑った。

　幸路はお父さんの言いつけを守る子だったが、翌週すぐに破ってしまう。

　あのヒゲの男の人がコンビニの前でコーヒー牛乳を飲んでいたのだ。前回と同じパーカーを着ている。興味が怖さを上回ったのか、今回は話しかける勇気がでてきた。

「ああ？　この服？」

突然見知らぬ小学生に話しかけられて、男の方が狼狽えていた。

「いやあ、ごめんな。坊主はまだ着られないんだよ」

モンスターの正体が知りたいだけで、パーカーが欲しいわけじゃなかったが、うまく説明できない。「ごめんな」と、男はカバンからキーホルダーを取り出して「親には見せるなよ」と渡してくれた。キーホルダーは例のモンスターのものだった。

やさしいお兄さんでよかったけれど、疑問は解消されていない。何度も目にするうちに、このモンスターが好きになってきたので、キーホルダーはカバンにつけた。

結果的にこのキーホルダーが、幸路の疑問を解決してくれることになる。

「ユッキー、こんなもの、何で持ってるの？」

従姉妹のアキナお姉ちゃんが遊びに来たとき、見咎められてしまったのだ。

「クラスの友達にもらった」

知らないお兄さんにもらったとは言えず、嘘をついてしまう。

「最近の小学生はおませだなあ」

「なんか、流行ってるんでしょ。街のあちこちで見たよ」

この前お父さんと銭湯に行ったときにも見た、と刺青の話をすると、アキナお姉ちゃんは「それはやべえな……」と顔をしかめた。

「でも、プレイボーイのうさぎだって、オシャレとして取り入れてる人もいるわけだし……」

「ねえ、これって何なの？」

アキナお姉ちゃんは「教えていいのか？」「いや、でも知らない方が危ないか」「もう中学生になるわけだし」と一人で迷ったあと、「私から聞いたって言わないでよ」と条件付きで教えてくれた。

「エッチな本を売ってるお店のマスコットキャラクター。最近駅の向こう側にできたから、グッズを配ってるの」

お父さんと同じように、恥ずかしそうな顔をしている。

「だから、このキャラの描いてあるお店には、まだ入っちゃだめだからね？」

送られた画像で「ない本」をつくります。

画像提供者　@make_miha

フキダシにカギカッコ
浜波渚沙 Hamanami Nagisa

9A7654999000
12B456000500９
三年前にライブハウスのフロアで会った女性が忘れられず、同じ店に通い続けた僕は、ある日劇的な再会をする。腰の上まで伸びた黒い髪、照れたように笑う彼女——思い出の女性はステージ上で力強く歌っていた。金髪でパーマの彼女は、あの日と全然違っていたけれど、それでも変わらず魅力的だった。「私はあの日からずっと歌ってた……。あなたは？」僕の三年遅れの人生が始まる。
定価：本体714円（税別）
https://twitter.com/nonebook
FICT ￥714E

活字で、暖をとる。
常冬文庫

濱波 渚沙　Nagisa Hamanami

1990年生まれ。韮崎女子大学卒。OLを経て作家になる。2016年に『バードストライクな恋』を刊行。失われたものをテーマに作品を作り続けている。他に『フキダシにカギカッコ』『ひきだしにタオルケット』『とうとつにウルフカット』などの作品がある。

フキダシにカギカッコ

濱波渚沙
♪

歌っているのは、彼女だった。

駅から徒歩二十分のライブハウス。ずいぶんと雰囲気は変わっているが、ステージの上に立っているのは紛れもなくあの日会った女性だ。

彼女とは三年前、同じライブハウスで出会った。『Blanket and fried rice』というバンドの解散ライブで、かなり混雑していた。ライブが終わったにもかかわらず、誰と話すでもなく隅の方で真剣にステージを見つめている女性がいて、気になって視線を向けたらちょうど目が合った。

「あの、すみません」

助けを求めるように話しかけてきた。肩の下まで伸びた黒い髪と、遠くを見ているような黒い瞳が印象的な女性だった。背丈は百七十センチの俺とほぼ変わらないくらい。誰かのおっかけかと思ったが違うらしい。

「あちらの上に行くには、どうすればよいのでしょうか？」

「あの、上？」

彼女が指していたのは、ステージだった。つまり自分もステージで歌いたいのだという。

「そりゃ、バンドを組んで、イベントに呼んでもらうか、自分たちで借りてライブをするか……」

　曖昧な知識で返事をしたが、彼女にとってはそれでも十分だったらしい。聞けばライブハウスに来たのも初めてだという。

「バントとか音楽活動は、してないんですよね？」

「子供の頃に、ピアノはちょっとだけ……」

　ピアノを習っていたらお嬢様だという推測は安直だが、今回に限っては間違っていなさそうだ。何を思ったか、突然ライブハウスに飛び込んでみたくなったのだろう。人生の歯車が狂う瞬間があることは、さまざまなバンドが歌っているので知っている。

「あの……それと、電車がもうなくて、帰る方法がわからないんですが、どうすればいいでしょうか？」

　あの頃は二十四時間営業のファミレスも珍しくなく、近くのファミレスで、始発待ちをよくしていた。帰れないのならしかたないと、お嬢様を庶民の巣に案内し、二人で一晩中話をした。

　連絡先は聞かなかった。つまり、カッコつけたのだ。会話のなかで、彼女が同い年だとわかった。半年だけ俺より年上。

「私、明日が誕生日なんです」

　あの日、二人とも十九歳だった。

♫

　二十二歳になった俺は、彼女に再会した。

　金髪のショートカットでパーマを当てている。服装もパンキッシュな革ジャンで、三年前とはまるで別人だ。だけれど、遠くを見ているような黒い瞳だけは変わらなかった。

　今日はライブハウスが主催する定期ライブの日

で、誰の解散ライブでもないが、ある意味、俺自身の引退ライブになるはずだった。

高校の同級生が出演するからと、大学一年の夏に付き合いで訪れてから、音楽というよりもライブハウスという空間自体の魅力に取り憑かれて、時間を見つけては通うようになっていた。通っているうちに、知り合いもできて、楽しい時間を過ごせた。それでも、ここに来るのは今日で最後にするつもりだった。

ステージの上の彼女と目が合った。

見られた！　と咄嗟に思ったのは、どうしてだろう。

「私はあのライブで感動して、歌い始めたんです」

見た目に反して、口調はあの頃と同じように丁寧だ。出番が終わった後、彼女の方から話しかけてきた。聞けばここからかなり遠いところに住んでいて、活動拠点はそちらが主だが、今日は念願叶ってこのライブハウスに出演できたのだという。

「今は、何をされているんですか？」

答えに詰まってしまう。別に人に言えないようなことはしていない。俺は、ライブハウス通いが趣味のただの大学生だ。普通に学校に通って、就活だってちゃんとして、来月からは会社に通う。まっとうな生き方だ。

「何も、してません」

俺の言葉は、フキダシの中にあるのにカギカッコで括られているセリフのように、嘘っぽく、薄っぺらく聞こえた。

「いえ、ずっと、ずっと客席にいました。ずっとここにいたんです」

あの日と同じだ。一つ違うのは、今度は彼女ではなく俺の番だということ。

人生の歯車が狂った音がした。

送られた画像で「ない本」をつくります。

画像提供者　@ma_nu39

ハッピースマイルポジティブホーム
川島 路地子
Rojiko Kawashima
天動文庫
ハッピースマイルポジティブホーム
川島路地子

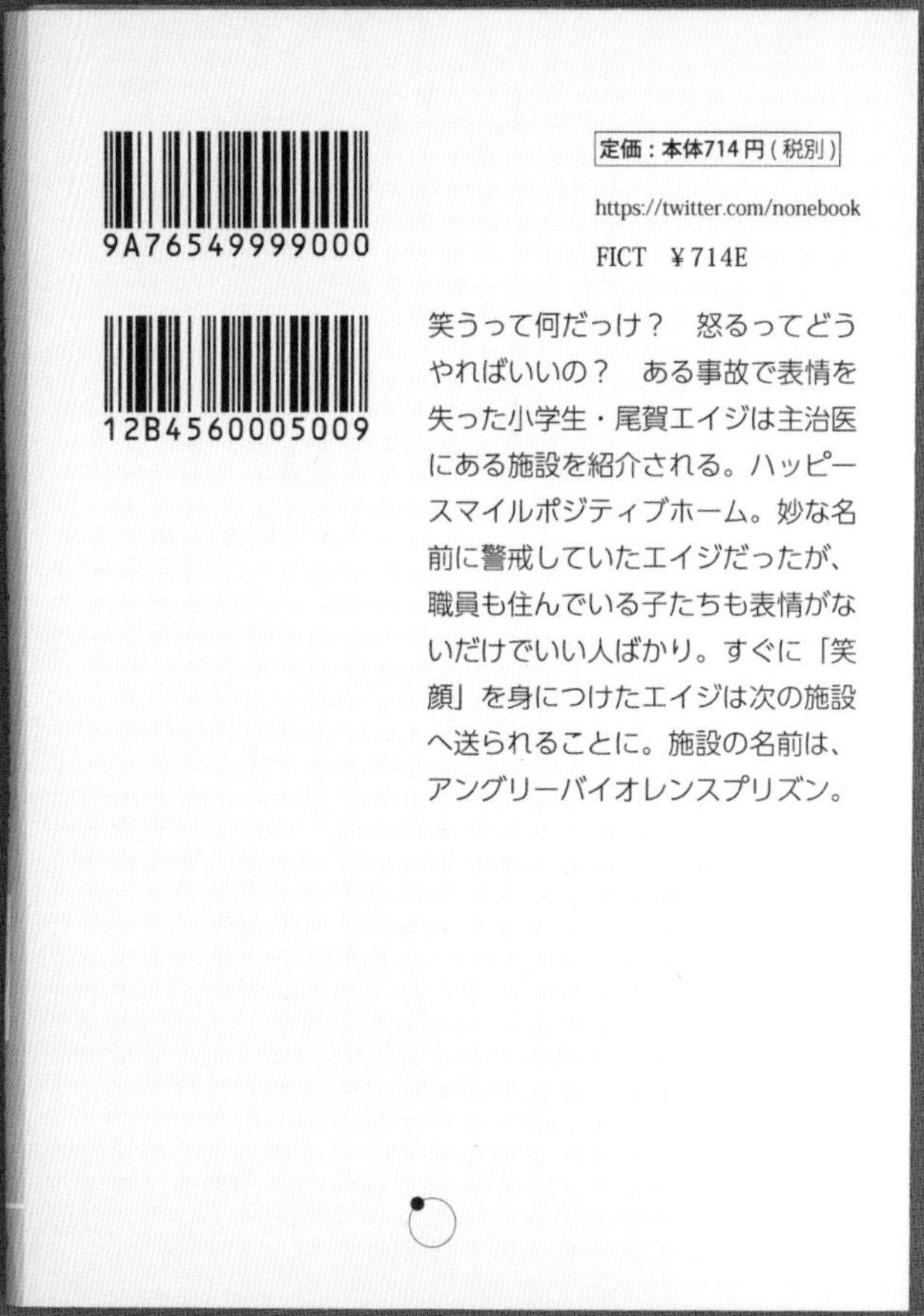
9A76549999000
12B4560005009
定価：本体714円（税別）
https://twitter.com/nonebook
FICT ￥714E
笑うって何だっけ？　怒るってどうやればいいの？　ある事故で表情を失った小学生・尾賀エイジは主治医にある施設を紹介される。ハッピースマイルポジティブホーム。妙な名前に警戒していたエイジだったが、職員も住んでいる子たちも表情がないだけでいい人ばかり。すぐに「笑顔」を身につけたエイジは次の施設へ送られることに。施設の名前は、アングリーバイオレンスプリズン。

川島 路地子　**Rojiko Kawashima**

1985年福島県生まれ。小谷美奈子ラブ＆ホラー大賞の最終候補作『優良健全矯正施設』でデビュー。現実と妄想が入り交じるような不安定な世界を描き続け、2018年に文庫化した『人食い鬼オーグルの愛』は累計30万部を超えるベストセラーとなった。他の著書に『ネガティブゾンビ』『ハッピーペスト』などがある。

天動文庫

ハッピースマイルポジティブホーム

川島路地子

「ようこそ、ハッピースマイルポジティブホームへ！」

子供達の声が揃う。ここはハッピースマイルポジティブホーム。感情を失った子供達が喜びを覚えなおす矯正施設だ。

エイジくん、君は事故によって感情を失ってしまった。君くらいの年齢の子があんな光景を目にしたのだから、むしろ正常な反応だ。

しかしそのままにしてはおけない。亡くなったご両親も悲しむだろうし、何よりも、泣きも笑いもしない子供は、大人に嫌われてしまうからね。いや、私がそうだというわけではない。あくまでも一般論だよ。

まずは、喜びの感情を学んでもらおう。

エイジくんは、真っ白で清潔な壁を見つめていた。表情がないので、驚いているのか不安なのか退屈しているのか、まったくわからない。うん可愛くない。いや、あくまで一般論で。

君は立ったまま動かない。そうか、好奇心もないのか。じゃあ、クッキーを食べてお茶を飲もうか。大丈夫、味は問題じゃない。目がとろんとしてきたね。いいぞ。効いている。

そして幸せに包まれたまま、君は気を失ってしまう。目が覚めたときには、違う場所だ。

「ここはどこ？」

本当は不安なのだろうけれど、その気持ちはまだ教えていない。君は笑顔と無表情を繰り返すだけ。

「はっ、ここはアングリーバイオレンスプリズン！」

看守の野太い声が響く。次は怒りの感情を覚えてもらおう。

「よし、やれっ」

ここにも子供が大勢いる。看守のかけ声で十人の子供達が順番にエイジくんを蹴っていく。

「ううっ」

うめき声をあげるが、抵抗はしない。覚えたばかりの笑顔は消える。看守は直接手を下さずに見ているだけだ。大人が子供を殴るなんて、そんな酷いことできるわけがない。

折檻が終わると、看守は「また来るぞ！」と告げて鉄のドアを閉めた。同様のことが八回繰り返された後、エイジくんに変化が起きた。蹴られた瞬間、声をあげたのだ。

「やめろ！」

素晴らしい。エイジくんには才能がある。君のお父さんやお母さんは怒りっぽい人だったかな？いや、失礼。受け継がれる意志。素晴らしいテーマだよ。

群がる数人を突き飛ばしたエイジくんは、外に向かって駆け出した。導かれるようにして走り続ける。建物の外に出ても足は止まらない。

怒りのエネルギーが尽きたころ、誰も追ってきていないことに気付いたようだ。ここにあるのは、揺れる木々だけ。

「ソロウペイシェントフォレスト。哀しみの森」

森の入り口では、包帯で真っ白になった少女が出迎えてくれる。

「はじめまして。お友達になりましょう」

表情は包帯のせいで読み取れない。少女のお願いに、エイジくんはおずおずと頷く。怒りと恐怖は表裏一体。いいものをもらえたね。

「あなたのお父さんとお母さんは、最期にどんな顔をしていたの?」

静かな森は、不安を煽る。ああっ、泣いてしまった。こんなことではだめだ。哀しみに耐えるのだ。人はそうやって成長する。

「僕は……」

エイジくんは、深刻な顔をして少女を見つめる。人生に深みが出てきたぞ。

「僕は、ここから」

「ここから?」

少女が君の手を握る。だけど、エイジくんは困った顔をしながらも、ハッキリと告げた。

「もう行かなきゃ」

別れを告げて歩き始める。横顔には意志が宿っている。いいぞ、それでこそ私が見込んだ子だ。森を抜けたエイジくんは、足を止めるとゆっくりと息を吐いた。

「最後はここ、イーズナチュラルプレイスだ」

何もしなくていい。解放された安心を全身で感じてくれれば、自然と感情は戻ってくる。ただそこにいるだけで、感情は湧き出る。人間とは本来そういうものだ。

「エイジくん。おめでとう」

君は完璧な人間になったんだ。おや……返事がないな……?

またか。理論は完璧なはずなんだけどね。まあいいや、何度でも試せばいい。トライ&エラーは科学の発展につきものだからね。さあもう一度、行こうじゃないか。

ハッピースマイルポジティブホームへ。

送られた画像で「ない本」をつくります。

画像提供者　@yellowkiiro2201

死人の肖像

瀬下瀬界

事故物件だとは聞いていたけど、まさか掃除すらされてないなんて……。故郷を捨てて逃げてきた青年・山田が安さに惹かれて借りた部屋は、まだ先週人が死んだばかり。「家具家電付きなんてむしろラッキー」と気楽に構えていた山田だったが日々の違和感はゆっくりと折り重なっていく。死者の生活を辿り、行き着いた真相とは？　鮮烈な余韻を残す著者の最高傑作。

9876549999000

1234560005009

定価：本体714円（税別）
https://twitter.com/nonebook
FICT　￥714E

瀬下 世界　Sekai Seshita

2000年、東京都世田谷区生まれ。『死者の代書』で装弾社ミステリ&ホラー大賞を受賞しデビュー。投稿時のペンネームは「西郷隆盛」だったが、編集部の意向で現在のものに変更になった。本人は長身痩躯の麗人で、まったく西郷隆盛感がなかったのが理由。男装を好み授賞式もタキシードで参加した。現在は『世界的亡者』を竹林社「たけのこ」で連載中。

竹林社文庫

死人の肖像

瀬下世界

俺は運がいい。

本当なら月五万円のところを、三万円で住めるのだから。

地元でちょっとした問題を起こして、どうしてもすぐに引っ越さなきゃいけなくなってしまった。一般的な引っ越しの準備をする余裕もなかったので、リュックひとつに身の回りのものだけ詰めて、できるだけ人の多そうな土地まで電車を乗り継いで移動してきた。

「保証人も貯金も仕事もないけど、とにかくすぐに住めるところを！」

という無茶な要求をしたせいで、数軒の不動産屋から、やんわりと断られた。日が暮れる頃に入った古ぼけた店で、俺の話を聞いたオヤジがニヤッと笑って「あるよ」と言ってくれなければ、公園で寝泊まりするしかなくなるところだった。

「人が死んでるからね、安くしておくよ」

そういうのは気にしないタイプなので、格安の契約に喜んだが、実際にアパートの部屋を見たら、さすがに戸惑った。

「家具とかも全部置いたままだから、そのまますぐ住めるよ」とは聞いていた、しかしまさかここまでとは思っていなかった。

朝食の途中だったのか、コタツのうえには飲みかけのコーヒーとパン。布団は敷きっぱなしで寝間着にしていたらしいグレーのスウェットが脱ぎ散らかしてある。風呂を見れば使いかけのシャンプーと石けん、ご丁寧に入浴剤まで残っていた。死んだ住人はユニットバスでも湯船に浸かるタイプだったらしい。俺も同じだ。

なんだっけ、小学校の頃にケンジから聞いた怖い話に、そんなのがあった気がする。湯気のたつコーヒーを残して、船員だけ消えてしまった船の話。

さすがに片付けもされてないのはどうなんだと思い、不動産屋のオヤジに電話をすると「現状優先！」とだけ言われて切られてしまった。

とんでもないオヤジだが、こっちに来て初めてできた知り合いでもある。縁は大切にしよう。幽霊は信じないが、そういうのはちゃんとするタイプなのだ。

残っているものは全部使っていいとのことなので、ありがたくもらうことにした。嫌悪感はない。十歳まで一緒に住んでいた父親だって、じいちゃんの形見のひげ剃りを愛用していたのだ。そういうタイプの家系なのかもしれない。

誰のものかわからない布団に潜り込む。不思議と不安もなく、ぐっすり眠れた。

朝起きたらまず、寝癖を直す。

いつもシャワーを浴びてすぐに寝てしまうので、朝はすごいことになる。寝癖直しの消費量がとんでもないことになるので、常にストックしていた。幸いなことにこの部屋には寝癖直しも残っていたので、買いに行かずに済んだ。

置いてあったブラシを手に取るが、くせ毛が絡まり大変な状態になっていた。俺のブラシもよくこうなっていた。絡まった毛をキレイにとる裏ワザをテレビで見たことがあったはずだが、そういう知識は必要なタイミングで思い出せないようになっている。

地元に残してきたアキナはそういうのが得意な女だった。学校の勉強はできなかったけど、そういう知恵を持っていて、俺を助けてくれた。

アキナにも、ケンジにも、ずいぶんと長いこと会っていないような気がする。

無性に声が聞きたくなって、アキナに電話をかけた。もう二度と連絡を取らないつもりだったが、衝動にはあらがえなかった。コール音が延々と続く。もう昼近いが、まだ寝ているのだろうか。

目一杯のコールを二回試して諦める。次の衝動の方が大きくなった。腹が減ってきた。

便利なものが豊富に落ちている部屋だが、冷蔵庫にはろくなものがなかった。キャベツの千切りパックと納豆とヨーグルト。たまには健康にいいものを食べようと買ってきても、食べる気になれなくて結局捨ててしまう。俺も同じことを何度もやったことがある。

くそ。他に何かないかとキッチンの棚を漁っていると、着信の振動が聞こえた。ケータイはいつもマナーモードにしているので、着信音は鳴らない。だがおかしい。

手元にケータイはある。しかし、音は違うところから聞こえてくる。

音の出所を探すと、ベッドの下にケータイが落ちていた。俺が使っているのと同じ機種で、同じケースに収まっている。

画面を見ると、アケミの名前が表示されていた。なぜこの部屋の主のケータイに、アケミから電話がかかってくる?

「……だれ？　ねえ、変なイタズラやめてよ？」

画面をタップすると、ケータイからアケミの戸惑う声が聞こえた。誰って、俺だよ。答えたはずが、声がでない。

「ねえ、そんなわけないよね。だって、ちゃんと埋めたもん。私見たもん」

埋めた？　頭は疑問でいっぱいになったが、やはり声がでない。声帯が、ない。なぜ声がでない。肉体がないからだ。

地元でトラブルを起こしてここに逃げ込んだ。ほとぼりが冷めるのを待ったが、すぐに捕捉された。ケンジか、アキナか、誰かが俺の居場所を喋ったんだ。

ここはどこだ？　これを思い出すのは、何度目だ？

ちくしょう。天使だか悪魔だか鬼だかわからないが、あんなオヤジが冥土の使いだなんて思わないじゃないか。

使いかけのシャンプーや脱ぎ散らかされたスウェットに嫌悪感を抱かなかったのも当然だ。この部屋は俺の部屋だ。全部俺の持ち物だ。

殺され、埋められたときの記憶は残っていない。俺は運がいい。苦しまずに死ねたのだから。

知らなかったよ。煉獄ってワンルームなんだな。

送られた画像で「ない本」をつくります。

画像提供者　@yamamura

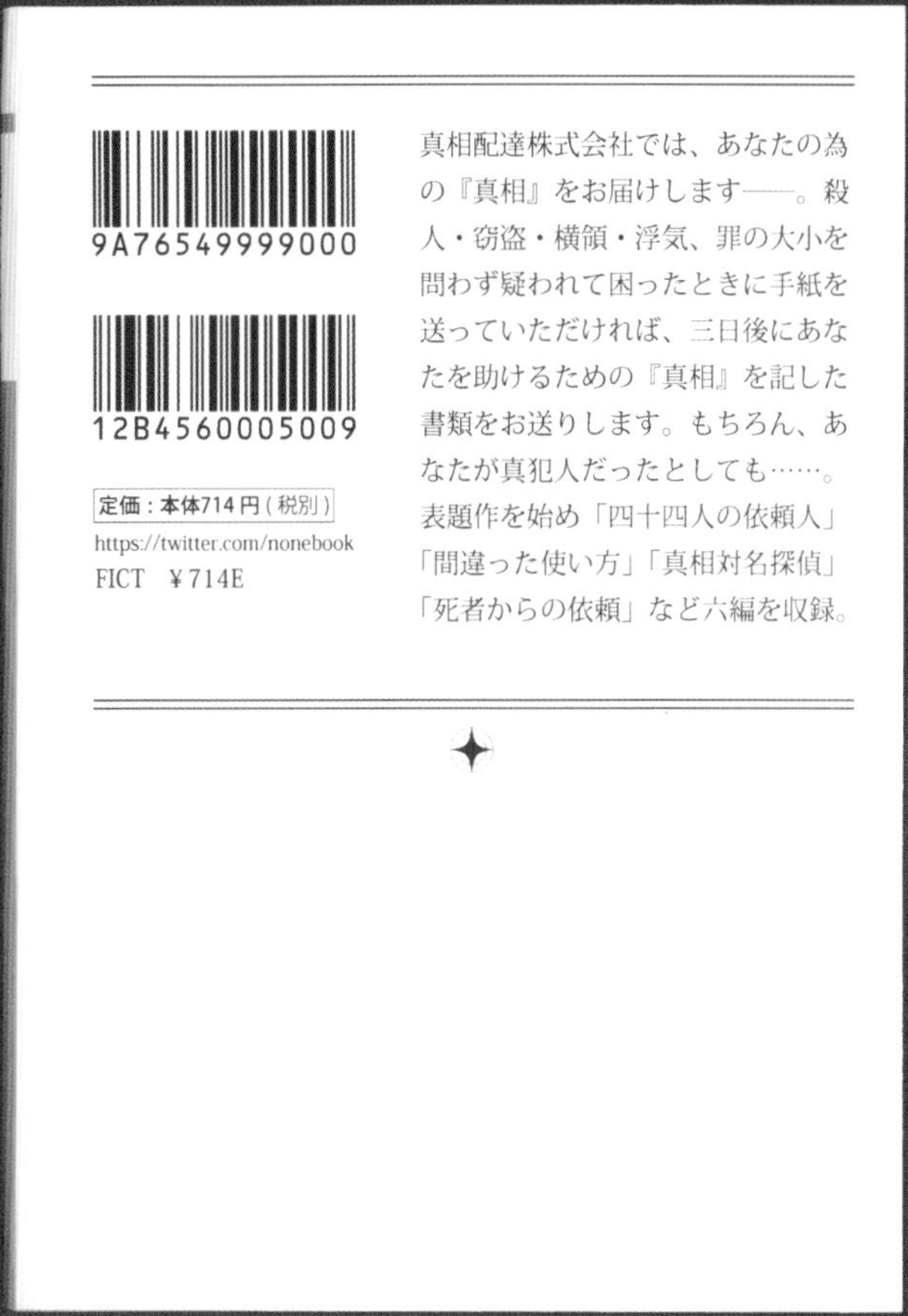
9A76549999000

12B4560005009

定価：本体714円（税別）

https://twitter.com/nonebook

FICT ￥714E

真相配達株式会社では、あなたの為の『真相』をお届けします——。殺人・窃盗・横領・浮気、罪の大小を問わず疑われて困ったときに手紙を送っていただければ、三日後にあなたを助けるための『真相』を記した書類をお送りします。もちろん、あなたが真犯人だったとしても……。表題作を始め「四十四人の依頼人」「間違った使い方」「真相対名探偵」「死者からの依頼」など六編を収録。

鹿庭 みそか　Misoka Kaniwa

光林舎

1964年宮崎県生まれ。2005年『殺されるほど魅力的』で第32回メデューサ賞を受賞しデビュー。当初は本格ミステリを志向していたが、第5作『惨めで可哀想』でイヤミスブームに乗じて作風を変えたことでヒットを連発。2016年には『売りたい本ランキング』で1位に選ばれるなど躍進を続けている。

真相配達株式会社

鹿庭みそか

「カンニング？」

電話口で真梨は震えた。娘が通う中学校からの連絡は、絶望するに十分なものだった。

「な、何かの間違いじゃないんですか？」

しかし、すでに本人も認めているという。定期テストの最中に、持ち込んでいたカンニングペーパーを教師に発見され、事情を聞いたところ成績が下がるプレッシャーに負けてしまったと泣きながら打ち明けたという。

「……なんてばかな子なの」

教師に現場を目撃されていたとしても、否認を続けていればまだ可能性はあった。何らかの処分は免れないだろうが、周囲の評判が違う。「あれは見間違いで自分は被害者だ」と言い続けていれば、何人かは信じてくれる。

カンニングに挑む大胆さは真梨に似たが、勘の悪さは夫に似てしまったようだ。

ここで経歴に傷がつくのは避けたい。何のために苦労して中高一貫の名門校に入れたというのだ。中学の三年だけならまだしも、高校卒業まではまだ五年もある。同級生からの悪評に耐えながら通い続けられるとは思えない。

「……真相配達」

思い出したのは、あるサービスの名前。

高校時代からの友人であるマルミから聞いたことがあった。真相配達株式会社。知られたくないことがバレそうなとき、そこに依頼すれば、代わりの真相を届けてくれるらしい。

慌ててマルミからもらった名刺を探す。赤いカードに記載されているのは社名と電話番号だけ。電話口に出た担当者に、状況をすべて打ち明けた。

「これでどうにかなるんですよね？」

「いえ、我々はただ真相をお送りするだけです」

数時間後、教師の車に乗って帰宅した娘を抱きしめて、精一杯の言葉をかける。

「大丈夫。お母さんがどうにかするから」

頼れる母親になれているはず。真梨は自分に言い聞かせた。

学校は休ませた。真相とやらが届くには数日かかるらしいので、それまで余計なことはできない。

真相が届いたのはぴったり三日後だった。まさか郵送で届くとは。消印を見ると、北海道の離島の郵便局だ。本当にそんなところに会社があるとは思えない。

肝心なのは真相の内容の方だ。すぐに中身を検める。十数枚の資料とキーホルダーが入っていた。今後話を聞かれたとき用の想定問答集までついている。

そこに綴られていた真相は、こうだ。

娘はカンニングをしていない。しかし、カンニングペーパーを持っていたのは事実だ。娘は友達がカンニングをしようとしているのに気付いて、それを阻止しようとペーパーを取り上げた。しかし、これがないと進級が危なくなると訴えた友達のことを思い、正義感と友情の狭間で悩み、ペーパーを友達に返そうとしたところを運悪く教師に発見されてしまった。

学校の処分を覆すほどではないが、身の周りの友人を納得させて、評判を守るには十分だろう。真梨のオーダー通りでもある。キーホルダーはその友達との友情の証だという。では具体的に誰なんだ、と問われても決して答えてはいけないし、当然答えられない。だけど、答えないことでむしろ仲間内での娘の評判はあがっていく。

何度も繰り返してたたき込んだおかげで、娘は無事に学校に復帰できた。真相配達株式会社様々である。

次に利用する機会が訪れたのは、それから数ヶ月が経ち、騒動が落ち着いたころだ。夫が突然

『ない本、あります。』
初版限定特典、
あります。

本書をお買い上げ頂き誠にありがとうございます。
感謝の気持ちを込めて、初版だけでしか読めない、
とっておきの物語を「２編」プレゼントいたします。

【URL】http://y-oz.sakura.ne.jp/download/naihon_tokuten.p

アクセス後、下記のユーザー名とパスワードを入力してくださ

ユーザー名：naihon
パスワード：arimasu

『ない本、あります。』
発売記念プレゼント、
あります。

抽選で１０名様に
「ない本」を作成、
実物を贈呈します。

い本（@nonebook）のTwitterでも発信させていただきます。

応募方法

下記の「3つ」をつけて、
Twitterでつぶやくだけ。

①購入した「ない本、あります。」の
書籍を撮影した画像

②書籍にしたいあなたの好きな画像
（ご自身に権利のあるものでお願いします）

③ハッシュタグ「#ない本」

切：２０２１年4月8日（木）23時59分まで

「お前さあ、浮気してるだろ」と言ってきたのだ。

とんでもない！

しているが、バレるわけがない。証拠も掴まずにただ勘で言っているのだこの男は。

すぐに電話をして真相を配達してもらった。料金は高額だが効果があることは知っているので、今回は迷いはなかった。マルミも不倫がバレそうなときに使ったと言っていたのでその方面の実績もある。

「前回の真相にはご満足していただけたようで」

電話をすると、前のときとは違う担当者が出た。誇らしげな口調が鼻につく。

「いいから、急いでよね。お金はちゃんと払うから」

こんな短期間にリピートする客は珍しいという。つまり上客だ。少しくらい特別扱いして当然だろう。

しかし、結局真相が送られてきたのはちょうど三日後だった。

夫からの疑いの視線を受けながらなので、ものすごく居心地の悪い三日間だった。まったくふざけている。真梨は苛立ちながら封筒を破った。今度の消印が沖縄のものなのも妙に腹立たしかった。

「ふうん」

今度の真相は前回よりもむしろ簡潔だった。夫が疑いを持っている時間のアリバイが事細かに書かれている紙が入っていたので、それを頭にたたき込む。完全に暗記する必要はない。むしろ数ヶ月前の行動を詳細に覚えている方が不自然だと注意書きまで記されていた。

真梨が浮気相手と会っていた時間、夫のためのプレゼントを探していたことになっている。シンプルだが、それだけに効果的だった。

翌晩、夫におずおずと切り出す。「ごめんなさい」これも用意されていたセリフだ。

「今まで私からプレゼントなんてしてこなかったから、なんか恥ずかしくて……」

不自然である方が衝撃が大きい。普段の言動は強がりで、すべて夫を愛していることの裏返しだったのだ。人間は、自分にとって都合のいいことなら素直に信じてくれる。

疑いは晴れた。つまり夫に何かあっても、真梨が疑われるような動機はなくなったということだ。

数日後、真梨は真相配達株式会社に追加の依頼の電話をかけた。これだけリピートすれば優良顧客に違いない。今度こそサービスしてくれなければ、クレームを入れてやろう。

「あの、旦那を殺したんですけど……」

送られた画像で「ない本」をつくります。

画像提供者　@meta_148

氷堂奈雪シリーズ
ロードサイドのお姫さま
森吉 雪尋
Moriyoshi Yukihiro
共信推理文庫

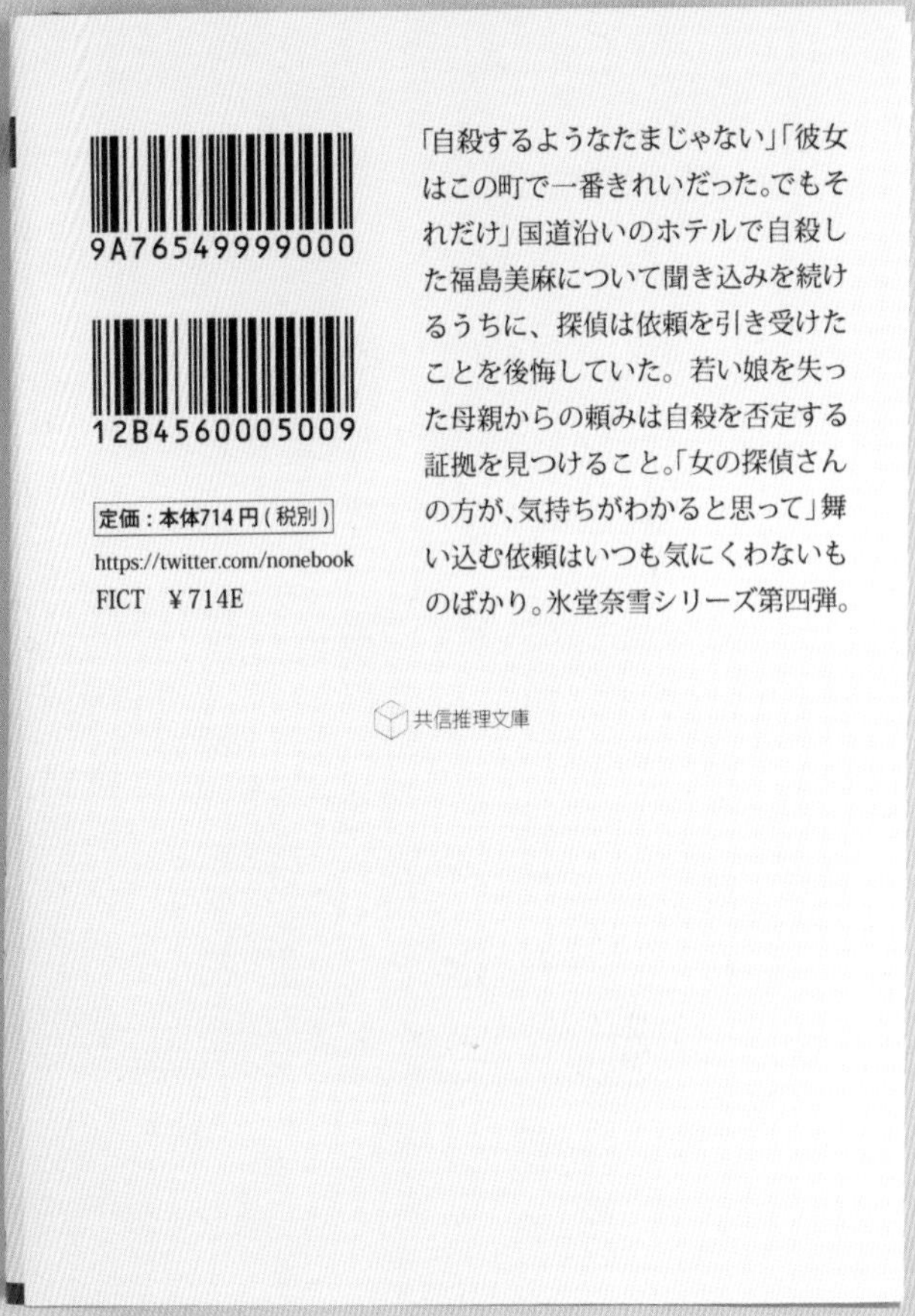
9A76549999000
12B4560005009
定価：本体714円（税別）
https://twitter.com/nonebook
FICT ￥714E
「自殺するようなたまじゃない」「彼女はこの町で一番きれいだった。でもそれだけ」国道沿いのホテルで自殺した福島美麻について聞き込みを続けるうちに、探偵は依頼を引き受けたことを後悔していた。若い娘を失った母親からの頼みは自殺を否定する証拠を見つけること。「女の探偵さんの方が、気持ちがわかると思って」舞い込む依頼はいつも気にくわないものばかり。氷堂奈雪シリーズ第四弾。
共信推理文庫

森吉雪尋　**Yukihiro Moriyoshi**

1976年北海道生まれ。米田大学織維学部中退を中退後アルバイトとして8年出版社で辞書編纂に携わる。2006年に『天涯孤独の月うさぎ』で第2回大橋肖像ミステリ大賞を受賞しデビュー。その後10年覆面作家として活動し、その作風から女性だと噂されていたが、2016年の南日本作家協会賞受賞を機に公の場に姿を現し、男性だと明らかになった。

共信推理文庫

ロードサイドのお姫様

森吉雪尋
「女の探偵さんの方が、気持ちがわかると思って」

思えばこの依頼は最初から気にくわなかった。女だからって女の気持ちがわかるわけがないし、私は誰かの気持ちがわかるなんて思ったことは一度もない。

それでも引き受けたのは、依頼人があまりにも真剣だったからだ。前回の事件で入院するはめになり、予想外の出費があったため、家賃の支払いすら怪しくなってきたという個人的な事情も多分にある。

依頼人——福島麻子は、半年前にひとり娘を亡くしたと話した。

「自殺をするような子じゃないんです。真面目で、いい子で……」

麻子の過剰ともいえる悲しみに圧倒されて、気がついたら頷いていた。依頼内容は、娘の美麻が自殺ではないという証拠を探すこと。何か根拠があるのかと思ったが、「あの子は自殺なんかするような子じゃない」の一点張りで、糸口すらない状態で始めなければならなかった。

「調査はしますが、お望みの結果をお知らせできるとは限りません」

むしろ何も見つからない可能性の方が高い。警察が自殺と判断したのには、それなりの根拠があってのはずだ。ひとまず一週間だけという約束で調査を始めた。しかしこの母親は、自分が何を言っているか理解していたのだろうか。自殺でなければ、つまり他殺、娘が誰かに殺されたということになる。

調査はまず、新聞や雑誌記事を集めるところから始めた。麻子が自殺の詳細について語りたがらなかったためだ。どうせ調査はするのだから、私に隠してもしかたない。それでも、麻子は自分の口からは話せないと拒んだ。

こうした余計な感情で手間を増やす人間が半分になれば、日本は五年で好景気になる。

丸一日かけてかき集めた資料に目を通して、概要を頭にたたき込む。

現場は郊外のラブホテル。麻子はそんなこと一言も言っていなかった。真面目でいい子がラブホテルに行ってはいけないと決めつけるつもりはないが、美麻はまだ十七歳だった。

十七歳の少女がラブホテルで首を吊ったのだ。こんな時代でも、それなりにセンセーショナルな事件として扱われている。新聞記事だけでなく、いくつかの雑誌にも記事が掲載されていた。そのうちひとつはご丁寧に現場の写真まで載っている。

ラブホテルなら、相手がいたはずだ。

まずは交友関係を洗ってみるか。麻子から美麻のケータイを預かっていた。ロックは解除済みだという。中身を改めたか尋ねると「そんなはしたないことはできません！」とぴしゃり。そのはしたないことを私にやらせようとしているのは、どこの誰だ。

もっとも、金を払って汚れ仕事を他人にやらせるのは理にかなっている。なんでも自分で解決されてしまったら、探偵稼業は成り立たない。

資料を漁っている間、充電器に繋いでおいたので十分に充電されている。持ち主のバッテリーはゼロだというのに、美麻のケータイの画面だけが輝いている。

通話アプリを起動して連絡先から順にかけていく。七人に無視されたところで、折り返しがあった。表示名はシンヤ。一番上にあった名だ。いきなり当たりかもしれない。メッセージの履歴にも目を通したが、やりとりはすべて消されていたので関係性はわからない。

「姫?」

こわごわとした様子の声が聞こえた。死者のケータイから着信があったのだ、当然の反応だろう。しかし、姫とは。

「美麻さんのお母様から依頼を受けて、調査している者です」

この説明で納得してくれたかはわからないが、一度会って話を聞けることになった。

「カレシとか、そういうんじゃないんです」

待ち合わせ場所に現れたのは、線の細い男の子だった。大学三年生。成人男性に男の子という呼称が妥当かは判断の分かれるところだが、私より一回りも年下なのだ。

「カレシでもないのに、一緒にラブホテルには行くの?」

つい高圧的になる。怯えた様子のシンヤくんは、子犬っぽいというか、なんとなくこちらの嗜虐心をそそるようなところがあった。

「なんでそのことを……」

とんとん拍子に行き過ぎて怖いくらいだ。通話アプリの一番上に名前があったということは、美麻が最後に連絡をとった相手の可能性が高い。もしかしたら、ラブホテルに行った相手ではないかと当たりをつけて、カマをかけてみたのだ。

「美麻さんは未成年……カレシだった、と言っておいた方がずっと無難だと思うけど」

「いや、それは。でも、違うんです」

カレシなんかじゃなかった、と語る表情には、何か複雑な感情が潜んでいそうだった。

美麻が自殺した日、一緒にいたことは認めたが、それ以上は何も話してくれなかった。何度聞いても「個人的なことなので……」で閉ざされてしまう。

自殺の理由以上に個人的なことなんてあるだろうか。学生を脅すより先にできることはある。また連絡すると告げて、ひとりでラブホテルに向かった。

山奥とまではいかないが、アクセスは抜群に悪い。どの駅からも遠いし、最寄りのバス停から徒歩三十分はかかる。レンタカーを借りる手もあったが、過去に盛大な事故を起こして以来、運転はしないと決めている。

タクシーを使えばよかったと後悔する。どうせ麻子に経費として請求すればいいのだが、何も出てこないかもしれないという懸念から気が小さくなってしまった。

シンヤは、警察の聴取は受けたと話していた。自殺の現場に居合わせたのに、こうして自由の身になっている。

麻子は彼の存在を知らなかった。つまり、遺族には伏せられた事実がある。

現場を見れば何かわかるかもしれない。二〇三の部屋に入る。すっかりキレイに掃除されているので、ここに美麻がいた痕跡は見受けられない。首つりは掃除が大変だと聞いたが、何か特別なノウハウがあるのだろうか。

雑誌記事には部屋の中央と書かれていた。同じ位置に立って部屋を見渡してみる。上を見ると、確かにロープを括れそうな丈夫な梁が見える。外観は西洋のお城風なのに、こういう部分の詰めが甘いのは、なんというかむしろ好きだ。

そこまで考えて、ふと違和感に気付いた。首を吊るには踏み台が必要だ。体重を預けることができればドアノブくらいの高さでも十分だが、第一発見者となったホテルスタッフの証言では『部屋の中央で揺れていた』となっていた。

踏み台になりそうなものを探したが、ベッドや設備はすべて備え付けで、動かせそうなものは見当たらない。記者が想像で書いたのでなければ、ここに大きな矛盾が生じる。

彼女はわざわざ、踏み台を持参したのか？

……そうか、踏み台か。自殺するなら他人は邪魔になる。なのになぜ美麻はシンヤを従えてここに来たのか。何か役割があったはずだ。普通に考えれば自殺を止める。しかしシンヤは止めなかった。美麻の言うことには絶対に従う特別な関係だったのだ。たとえそれが命に関わる重大なことでも。

まさに絶対服従。なるほど、カレシとかそういうんじゃない。奴隷と女王様の関係だ。

つまり、美麻はシンヤを踏み台にして、首を吊ったのだ。

いったいどういう意図なのか、最後の抵抗か、ある種のプライドか。彼女は、女王様として命を絶ったのだ。その壮絶な光景を想像して背筋が寒くなる。調査は終わりだ。結論は出た。あとはもう帰るだけ。それでも足取りは重く、帰り道は来たときの倍の時間がかかった。できることなら、このまま帰らずにいたかった。

これから私がする報告は、母親が望む結末ではないのだから。

送られた画像で「ない本」をつくります。

画像提供者　@Pany1214

限界と上下
宇山電輔
Uyama Densuke
ノライヌ文庫

9A76549999000
12B4560005009
FICT ¥714E
定価：本体714円(税別)
https://twitter.com/nonebook
プロゲーマー養成所を卒業した坂本真紀斗。かけがえのない仲間や負けられないライバル達と過ごした日々は大切な思い出となったが、ただそれだけだった。他人を魅了するような何かが自分にないと気付かされた二年間を噛みしめながらバイトに明け暮れる坂本にかつての恋人が言う。「人生にリセットはない」でもコンテニューなら。『もうそこにある未来』を描いた青春ゲーム小説。

宇山 電輔　Densuke Uyama

1995年、埼玉県生まれ。高田大学経済学部卒業。在学中に麻雀プロ試験に合格するも大学卒業を期に引退。翌年『地下英雄』で夕栄社からデビュー。夢を追った人間の再起を題材にすることが多く、自身の経歴についても、進学の際に2年浪人し、同時期には各社の小説新人賞に20作以上投稿していたことを明かしている。

ノライヌ文庫
媚びるな、吠えろ。

限界と上下

宇山電輔

坂本真紀斗は、プロになれなかった。

日本初のプロゲーマー養成所の栄えある一期生として、入所したのが三年前。それからの二年間は、寝食を忘れて最先端で効率的かつ根性論に支えられたトレーニングに打ち込み、運営のスキャンダルや、金銭を巡るトラブルにも耐え、ただひたすらゲームに向き合った。

「うーす、おつかれさまでーす」

そんな坂本が現在立っているのは、世界大会の舞台ではない。深夜のコンビニだ。毎日決まった時間に商品を届けるのが坂本の仕事である。今の定位置はゲーミングチェアより座り心地の悪いトラックの運転席。すれ違う車もまばらなこの時間帯、当然ながら観客はゼロだ。

もともと勘が良かった坂本、この一年でトラックの運転にも慣れ、細かった腕に筋肉もついて引き締まってきた。顔立ちも、以前よりもずっと精悍になったし、心身ともに健康そのものだが、かつて恋人だった佐貴子は不健康だったころの坂本の方がよかったという。

人と関わりが少なく、集中して取り組める深夜の配送ドライバーは、坂本にとって天職といえるくらい適性があった。同じ行動を反復して、最適解を見つけていく作業は、繰り返せば繰り返すほど面白くなっていく。

所長からは社員にならないかと何度も誘われているが、そのたびに保留にしている。復帰する気がないなら、さっさと社員になればいいと坂本自身が思っていた。日給から月給になって収入が安定するしボーナスもでる。同じ内容の仕事をしているのなら、間違いなく得なのだ。

その判断ができるようなら、そもそもゲームなんて始めなかった。

配達を終えた坂本はトラックを営業所に返して、自分の車に乗り換える。最近買ったばかりの軽自動車だ。向かう先は郊外にあるゲームセンター、下りの道路は空いている。

開店直後のゲームセンターに人影はまばらだった。

――インサートコイン（ズ）。

格闘ゲームの筐体にコインを入れて対戦を始める。向かいの席には誰もいない。対戦相手はネット上の誰かだ。坂本が取り組んでいたのはFPSだったが、ここで遊ぶのはいつも格闘ゲームだ。遊び程度にしか触れていなかった分、遊ぶにはちょうどいい。それでも持ち前のセンスでレートをあげ、上位に食い込むまでになっていた。

坂本がすべてを失ったのは、養成所を卒業した一年前。いや、もしかしたらもっと前だったのかもしれない。

全員がプロになれるわけではないと理解していた。養成所の一期生は三十人。そこから十名が養成所のスポンサーチームに所属し、他は外部から声がかかるのを待つ。実際に十二人がプロとしてデビューした。

実力でいえば、坂本は三十人中、上位五位には入っていた。だからまさか選考から漏れるとは思っていなかった。しかしスポンサーが求めていたのは、スター性、あるいは話題性だった。誰よりも無茶で目立ったプレイをする若手や、元アイドルの女性ゲーマーなどが優先して選ばれた。八十五点と八十点の選手がいて、客を呼べるのが後者だった場合、チームとして当然の判断だ。

ゲームの腕を評価していないわけではない。実際に、九十点以上の腕を持つプレイヤーはもれなく選ばれたのだ。坂本はそのどちらも足りなかっただけだ。

朝のゲーセンに、妙に強いやつがいる。

得てしてゲーマーはこうした伝説が好きだ。知り合いと遭遇するのがこわくて、ネット上での交流も絶っていたので、坂本の存在は都市伝説のように徐々に広がっていった。

噂を確かめにきた物好きなゲーマーたちのうちの何人かは、定期的に顔を見せるようになった。いつの間にか毎日五、六名が集まるようになり、誰かが『早朝限界倶楽部』と名付けた。坂本は勝手にリーダーとされていたが、坂本は何もしない。会話も必要最小限。ただ毎朝ゲーセンを訪れて、十数回試合をして帰っていくだけだ。

「こんなところでお山の大将か……」

変化があったのは、倶楽部の結成から半年後だった。

坂本の向かいの台に座ったのは、かつてのライバル。九十五点以上の腕と華のある顔立ちを持つプロゲーマー。赤い髪を逆立てて存在感と威圧感を放っている。

「この間の配信、見たよ。おめでとう」

坂本の祝いの言葉に、返事はなかった。代わりにあったのは挨拶がわりの中段パンチ。

プロとはいえ本業はFPSだ。格闘ゲームは毎日通い続けた坂本に分がある。……そのはずだった。

「クッソ！　ああ！」

いつも冷静で口調も丁寧な坂本が思わず出した声に、倶楽部の面々は驚いた。

「……ああ……ああ、ちくしょう」

YOU LOSE
坂本の画面が明滅する。込み上げる悔しさと裏腹に、顔は笑っていた。

「その顔を見て安心したよ。お前はまだ死んでいない」

死んだことなんかない。いつだって……。

「もし復帰を考えてるなら、紹介してやれるチームがあるかもしれない」

ありがたい申し出だったが、坂本は首を横に振った。ちょうど社員になったばかりで、倶楽部に二人いる女性のうち一人と交際を始めたばかりだった。結婚も考えている。

それに何より、一年以上練習をサボった自分が、第一線のゲーマー達についていけるとは思えない。

「お前こそ、チームをクビになったら教えろよ。仕事紹介してやるから」

心の底からゲームが楽しかった。だから明日も生きていけるのだ。

次はぜってーぶっ殺してやる。

送られた画像で「ない本」をつくります。

画像提供者　@tantei1427

禄田春馬
¥570
七倍梅干し弁当
定価五百七十円
加工日 PM 4時 18. 11.19
消費期限 AM5時 18. 11.19
1234560005009
内容量:300p
熱量:2018kcal
六葉文庫
ろ
七倍梅干し弁当定価五百七十円
禄田春馬
六葉文庫
714

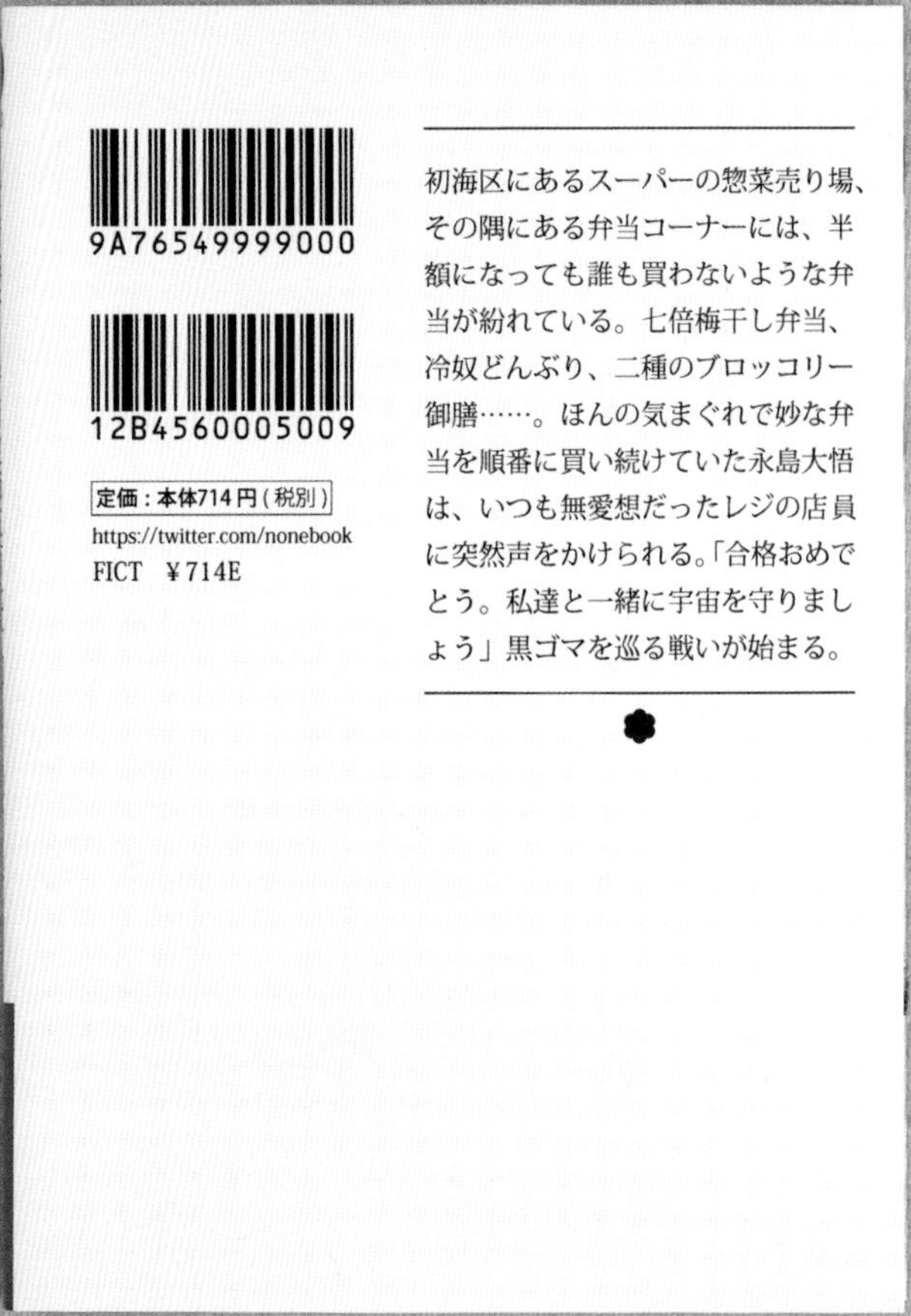
9A76549999000
12B4560005009
定価：本体714円（税別）
https://twitter.com/nonebook
FICT ￥714E
初海区にあるスーパーの惣菜売り場、その隅にある弁当コーナーには、半額になっても誰も買わないような弁当が紛れている。七倍梅干し弁当、冷奴どんぶり、二種のブロッコリー御膳……。ほんの気まぐれで妙な弁当を順番に買い続けていた永島大悟は、いつも無愛想だったレジの店員に突然声をかけられる。「合格おめでとう。私達と一緒に宇宙を守りましょう」黒ゴマを巡る戦いが始まる。

禄田 春馬 Haruma Rokuda

2000年、静岡生まれ。2018年『七倍梅干し弁当定価五百円』で六葉大賞優秀賞を受賞しデビュー。コミカルで人を食った作風が人気を博し、続く『ここで弁当を食べないでください』『弁当に黒ゴマは何粒必要か？』の弁当シリーズはアニメ化、劇場版の制作も発表された。

常識の先へ行け
六葉文庫

七倍梅干し弁当定価五百七十円

禄田春馬

教えてあげよう、とっておきの秘密を。

君の街にスーパーはあるか？　なら弁当コーナーがあるはずだ。そこに変な弁当があればそれだけを買い続けるんだ。それが合図になる。自分に好奇心があることを示せれば、昨日までと違う世界が見えるようになるかもしれない。

彼の場合……永島大悟もそうだった。

永島大悟が最初に出会った弁当の名前は『七倍梅干し弁当』。その名の通り、通常の七倍梅干しが入っている弁当だ。最初に彼がそれを手に取ったとき、ただの梅干し好きの可能性も考えた。過去にもそうした勘違いが起こったことは何度かある。

しばらく様子を見ることにした。翌日、警備の仕事を終えてスーパーに寄った彼が手に取ったのは『二種のブロッコリー御膳』。本物かもしれない。いや、焦りは禁物だ。ブロッコリーと力リフラワーをおかずにごはんを食べるタイプの日本人の可能性がある。

観察を続ける。永島大悟が翌日食べたのは『冷奴どんぶり』。やったぞ、間違いない。永島大悟は好奇心が強く、無難さより面白さを求める性質がある。我々の仕事を任せるのに、これ以上の適任はいないだろう。

「おめでとう」

レジで永島大悟に声をかけた。私たちは今、店員に擬態してレジに立っている。永島大悟にもっとも興味を持たれやすいであろう容姿に調整しているので、つまりは二十代半ばの女性の姿になっていた。

「合格です。我々と一緒に、宇宙を守りましょう」

地球の文献によると、出会いは唐突な方が予後がいい。なるべく魅力的な笑顔をつくる。

しかし、彼は「あ、すみません。袋は大丈夫です」とだけ言って商品を受け取ると足早に去って行ってしまった。

インパクトが足りなかったのだろう。永島大悟くらい好奇心旺盛な人類に対しては、容姿端麗な異性くらいでは興味をひけないのだ。もっと関心を持ってもらうために、敢えて擬態せず話しかけてみることにした。

永島大悟は、自室で冷奴どんぶりを食べている。今ならちょうどいい。私たちはクローゼットから出現した。

「永島大悟、君に頼みがある」

突然目の前に現れた私たちを見て、永島大悟は目を白黒させた。極彩色の正方形の塊に、突然話しかけられたのだ。当然の反応だ。

「え、なに？　なんですか？」

やはり適任だ。通常の人類なら、叫んで逃げ出していてもおかしくない。しかし彼はどうにか意思疎通を図ろうとしている。人類はこうでなければならない。

「宇宙が徐々に薄まっているのを、君は知っているか？」

身体を人型に調整しながら、会話を始める。今度はうまくいきそうだ。

「薄まるって、宇宙は膨張してるとか、そういうやつ？」

ほう、ある程度の知識もあるのか。ますます気に入った。宇宙を守るには、好奇心と知恵がいる。

「その通り、放っておくと宇宙はどんどん薄まって、最後には消えてしまうのだ。我々は、それを防ぐために、仲間を増やしている」

身体が人型に落ち着いたので、テーブルの横に座る。体重がないので座布団は必要ない。

「え、さっきの店員さん？」

「だから宇宙がこれ以上薄まらないように、アンカーを打って欲しいのだ」

肌の色をピンクとグリーンのまだらから、ベージュに変える。これで見た目は人類だ。

「街で不思議な光景を目にしたことはないか?」

「不思議な光景って……?」

「何度片付けても、必ず片手だけの手袋が落ちている道」「地蔵に備えてあった団子が、翌日マカロンに変わっている」「ホテルの朝食バイキングで、キレイに盛り付けられた皿が、誰もいないテーブルに置かれたまま」

ほんの一例だが、これがアンカーだ。ほら、君も見たことがあるだろう。

「アンカーがあれば、そこに興味が生まれる。この興味というのが重要なのだ。宇宙をひきとめられる。つまり一時的に薄まるのを抑えられるのだよ」

「はあ」

理解できなくても協力してくれればいい。仕事を続ける限り生活に十分な資金は提供するし、なにより、やりがいがある。

「我々の仕事は、弁当の黒ごまのようなものだ。弁当を弁当たらしめているのは、おかずでも白米でもない。黒ごまなのだよ」

的確なことを言ったつもりだったが、永島大悟には響かなかった。

「うーん、面白そうだとは思うけど……今の仕事も、けっこう気に入ってるんだよね」

アメリカ大統領よりも意義のある仕事を断るとは……。

「本当にだめ？」

容姿を活かして、最後に念押しをしてみたが、さっぱり効果がなかった。

「わかった。無理強いはしないと定められている」

人類の脳くらい、いつだっていじれるのだが、彼自身が考えて発生させたアンカーでなければ、効果は十分の一以下になる。

「またいつか、どこかで会おう」

おとなしく玄関から立ち去ることもできたが、最後にちょっといじわるしてやった。煙と光を発生させて、その場から一瞬で消えてみせたのだ。

「うわっ」とのけぞる永島大悟の声を最後に、観察は打ち切られた。

さて、今回は非常に残念な結果に終わってしまった。彼には期待していた分、失望も大きい。

だからもし私たちが君の目の前に現れたときは、笑顔で頷いてくれるとありがたい。

誘って断られるのは、哀しいから。

送られた画像で「ない本」をつくります。

画像提供者　@marumeta0524120

梅雨が続けば
岬 美咲
ファンファーレ

9A76549999000
12B4560005009
定価：本体714円（税別）
https://twitter.com/nonebook
FICT ￥714E
雨が待ち遠しいのは生まれて初めてだ。第一志望に落ちて少し遠い高校に通うことになった新沼カケルは雨のバス亭で女子生徒と出会う。カケルが落ちた高校の制服を着ている彼女は「普段は自転車なの」と、雨の日だけバス停にやってくる。同級生になったかもしれない彼女と会話を交わし、少しずつ距離は縮まっていたが、その関係にも終わりが近づいていた。――もうすぐ、梅雨が明ける。

岬 美咲　Misaki Misaki

生年非公表。東京都港区生まれ。2000年、トランペット恋愛小説新人賞を受賞しデビュー。新作のプロモーション時に旧作を無料公開する手法がうけ、高校生から圧倒的な支持を受ける。三度の離婚を経験したことから、恋愛マスターとして恋愛相談コーナーを連載しているが、不倫と略奪愛の例えが多く、高校生には早過ぎると批判も多い。

梅雨が続けば

岬美咲

雨の日は丸まった前髪を直すだけでいつもより時間がかかる。

寝癖直しのスプレーでは効果がない。寝癖ではなく本来の髪の形だからだろうか。しかたないので、ヘアアイロンをあてて丁寧に伸ばす。アイロンは姉のものだから、使ったのがバレないように気をつけなければいけない。

このくせ毛が嫌で、自分で前髪をバッサリと切ったら、友達に指をさされて笑われたことがある。

その友達は、これから行く学校にはいない。仲の良かった連中は、地域で一番の進学校である松野高校に入学して、俺だけが受験に落ちた。

俺が通う竹柴高校だって、別に悪い学校ではない。ただ、行きたい場所ではなかっただけで。

入学から二ヶ月経って、友達もできたし、部活も入ったし、それなりに楽しくやっている。だけど満足しているわけではない。特に嫌なのは通学にバスで三十分もかかるところだ。第一志望に受かっていれば、自転車で十五分もかからなかったはずで、早起きするたびに消えた三十分の睡眠時間について考えさせられる。

朝の時間帯もバスは二十分おきにしかこないので、一本逃せば遅刻は免れない。念のため五分前にはバス停につくようにしている。

——今日は雨なのにいないんだ。

田舎のバス停特有かもしれないが、屋根とベンチがあるので、そこに座ってバスを待つことになる。ここ最近、雨の日になると女子がひとり座っているので気になっていた。

バスに乗って単語帳を開く。今日は英語の小テストの日だ。なんとなくやる気がでなくて、窓の外に目をやると、例の女子がバスを追いかけて走っているのが見えた。

数秒迷って、席から立ち上がり「待ってください」と運転手に声をかけた。

「まだ乗る人が」

それだけ言うと年配の運転手は、しかたないなというようにスピードを落とした。バスが停車して、息を切らせた女子が乗り込んでくる。

「走行中は立ち上がらないようにお願いします」

運転手から、車内アナウンスを通して注意されてしまった。

「すみません」

席に座ると、駆け込んできた例の女子が隣に座ってきた。他にいくらでも席は空いている。

「ありがとう。助かった」

「いや、遅刻したら困ると思って」

当たり前の返答しかでてこない。女子はスクールバッグからハンカチを取り出して汗を拭いている。なぜか見てはいけないような気がして、窓の外に視線をやった。今度は誰も走っていない。

彼女は岩倉里美と名乗った。

肩までの髪はストンと落ちるストレートで、雨なのに湿気をまるで感じさせない。

彼女は俺とのぎこちない会話を数往復したところで、停車ボタンを押した。俺が降りるのとは違うバス停だ。

最初に見たとき、制服ですぐにわかった。この辺で茶色いブレザーは一校しかない。彼女は、松野高校の生徒だ。

つまり本当なら、俺たちは同級生になるはずだった。

それから雨の度にバス停で会話を交わす。バス停でバスを待つ数分と、バスの車内でもう数分。学校生活を共にするのに比べたら、あまりに短すぎる。

それでも毎日のように顔を合わせていれば、自然と打ち解けられた。ちょうど梅雨が始まったばかりで、連日雨が続いていた。

「いつもは自転車なんだけど、雨だとさすがに風邪ひいちゃうし」

松野高校にはどんな雨の日でもカッパを着て自転車で通勤する科学の先生がいるらしい。話を聞く限り、松野は教師にも生徒にも癖のつよい人物が多そうだ。

同じバス停を使っているだけあって、岩倉は意外と近くに住んでいた。大きな通りをひとつ隔てているので、中学校の学区も違っていたが、生活圏はかなり近い。気付かないうちに、俺たちはこれまでにも、たくさんのニアミスを繰り返していたらしい。

「日焼け止め禁止って、ひどくない？」

松野は竹柴よりも自由な校風らしい。うちの奇妙な校則の話をすると、眉をひそめていた。岩倉はやたらと日焼けを気にしていて、自転車通学のときも体育のときも、日焼け止めは欠かせないそうだ。

「小学校のとき、男子に混じって野球とかしてたから、いつも真っ黒だったの」

「へえ、ちょっと想像つかないな」

その日はヘアアイロンを勝手に使っていることが姉にバレて、前髪を直せなかった。前髪を手で伸ばしている俺を見て、岩倉は「くるんとしてて、かわいいのに」と口をとがらせた。本当はパーマをかけたいが親が許してくれないのだという。

女子にかわいいと言われるなんて、嫌に決まっている。

だけどなぜかその日は、苦手な数学の時間も上機嫌でいられた。

その上機嫌は、翌朝ニュースで気象予報を見るまで続いた。

「ようやく梅雨明けとなりました」

キャスターと天気予報士が朗らかに話している。すっかり忘れていたが、雨はいつかあがるのだ。

昨日と同じようにバス停に向かったが、すっきりと気持ちよく晴れた風景のなかに、岩倉の姿はなかった。

ひとりでバスに乗り込む。バスはいつも通りガラガラで、一番後ろの座席がやけに広い。

ドアが閉まり発車しかけたバスが、ぐわんと揺れて動きを止めた。一度は閉まったドアが開き、岩倉が駆け込んできた。

「ありがとうございます！」

運転手にお礼を言って俺の隣まできた彼女は、スクールバッグにぶら下げたカードを見せてきた。

「へへっ、定期、買っちゃった」

どうやら梅雨は、もう少しだけ続くようだ。

送られた画像で「ない本」をつくります。

画像提供者　@dekakinb

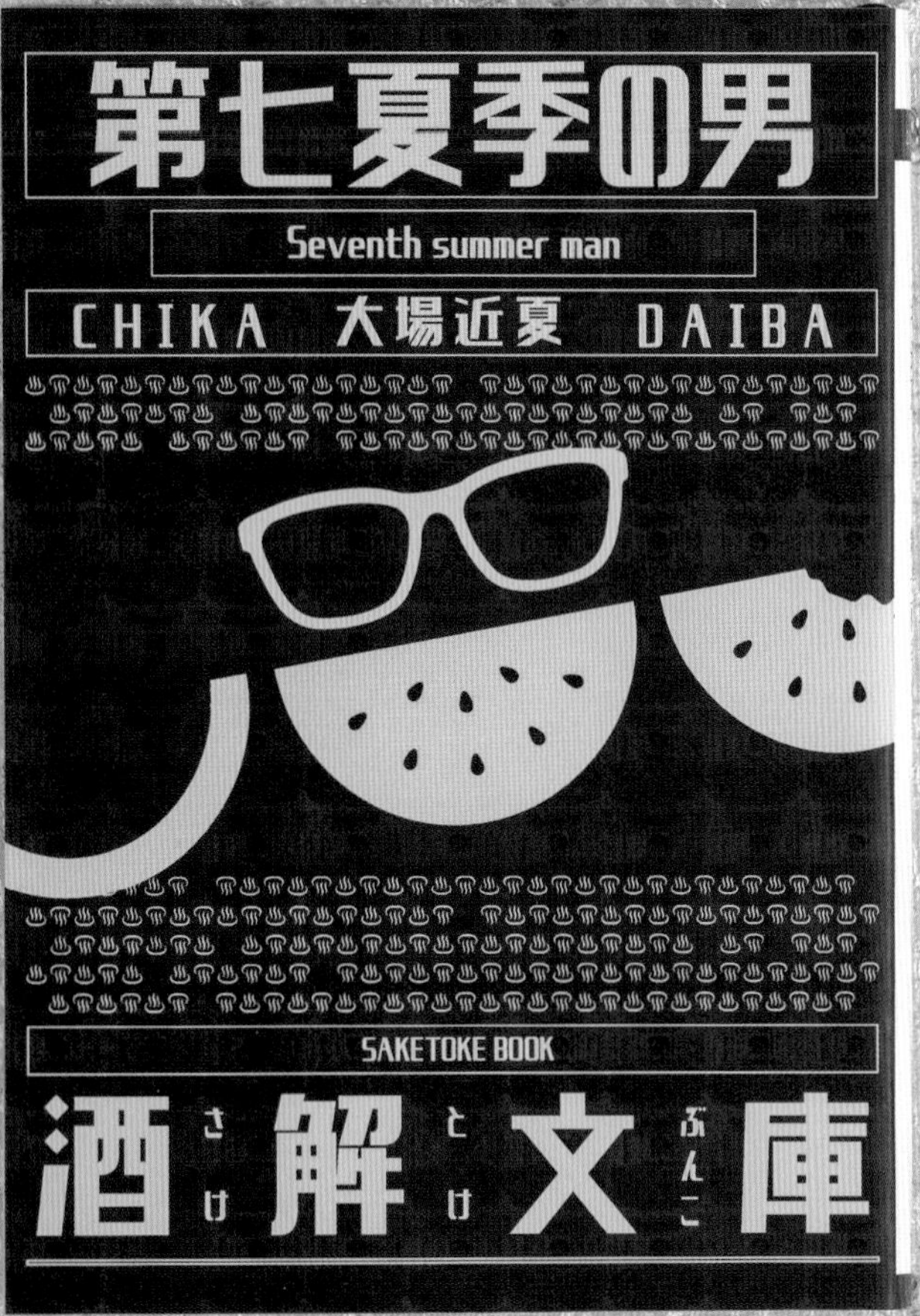

第七夏季の男
Seventh summer man
CHIKA 大場近夏 DAIBA
SAKETOKE BOOK
酒《さけ》解《とけ》文庫《ぶんこ》

9A76549999000
12B4560005009
定価：本体714円（税別）
https://twitter.com/nonebook
FICT ￥714E
大手食品加工会社に勤める聞部武文は「八月でこんなに暑いなら、十二月はどんだけ暑いんだろうな」というカビの生えたユーモアで周囲を困らせる課長が苦手だった。毎年お決まりのジョークのはずがなぜか課長の顔に笑みがない。そして迎えた十二月、気温は五十度を超えた。外出禁止令を無視して、聞部は何かを知るはずの課長を探すため屋外へ踏み出した。灼熱のなか心も溶け……。

大場 近夏　**Chika Daiba**

山口県阿武町生まれ。西部中央大学哲学科卒。言葉遊びやダジャレを愛し、回文で短編を書くなど意欲的な作品が多い。アンビグラムにも精通しており『勝訴と無罪』は自身で制作したアンビグラムを表紙に採用したが、技巧の高さに反して売れ行きが芳しくなく本人は「二度とやらない」と封印している。

第七夏季の男

大場近夏

「八月でこんなに暑いなら、十二月はものすごく暑いんだろうなあ」

課長のだみ声が、しんとしたオフィスに響く。誰も反応しないのも含めていつも通りだ。

だが、間部だけは違和感を察知していた。

課長の顔が真剣そのものだったのだ。こうしたくだらない冗談は課長の十八番で、誰も笑わなくても課長だけはひとりで「ふわはひっ」と笑い、残響が消えていくのが恒例だった。

忘年会で出てきた鍋を雑炊まできっちり食べきったあとに『三ヶ月くらい何も食べなくても平気だなあ』。

三四目の猫を飼い始めたという部下に『このペースで増やしていったら、十年後には部屋が猫で埋まっちゃうね』。

これまでに課長が発してきた言葉の一部だ。反応がなくて当然だろう。面白いとかつまらないではなく、反応のしようがないのだ。

なんとなく気になったので、帰りがけに同僚の美智恵さんに「今日の課長、様子がおかしくありませんでしたか？」と尋ねたが「そんなこと言ってました？」と首をかしげられた。本当に聞いてすらいないらしい。

実は聞部にはちょっと変わった趣味があった。課長の冗談をいちいち手帳に書き留めていたのだ。彼は課長の冗談が気になってしかたがなかった。快か不快かでいえば間違いなく不快よりの感情だったが、書き留めていくうちに不思議と親しみがもてるようになっていた。

異変が起きたのはその年の冬だ。

九月はまだ長い残暑という可能性があった。だが、十月になっても、十二月になっても気温は落ちないどころか、むしろ上がり続けた。

連日続く原因不明の猛暑日に報道も過熱した。学者、コメンテーター、タレント、さまざまな面々が予想を口にしたが、どれも見当外れだった。

エアコンがあるので、室内ではどうにか耐えられているが、一歩外にでれば蒸し殺されるような暑さだ。とうとう厚生労働省から外出を控えるように要請がでる始末。

エアコン設置工事の需要は異様な高まりを見せているが、作業員が熱中症で倒れる事故が頻発している。

こんな状況でも会社はどうにか平常通り営業を続けようとしている。自社の工場もすでにいくつも止まっている。大打撃だ。経営陣が連日会議をしているが、とうとう会議室のエアコンも壊れたという。

会社がそんな状況なので、徐々に回ってくる仕事が減り、とうとう自宅待機の命令が下された。

正直いうと自宅のエアコンから異音がし始めているので、管理が行き届いているオフィスにいた方が安心だったのだが、命令とあらばしかたない。

この気温では、うかつにスーパーに買い物にすら行けない。生鮮食品を買うのにクーラーボックスは欠かせなくなった。ある程度の食料を買い込んで、ただひたすら家でじっとしているだけの生活がしばらく続いた。

クリスマスには、気温はついに五十度を超えた。

テレビもニュース以外は再放送。ネットも各所でサーバーが異常をきたし、頻繁に不通になる。

あまりにもやることがないので、メモを見返していたとき、その可能性に気付いた。

もちろん、聞部だって、たった一言だけで課長の冗談と異常気象が関連しているなんて思うわけがなかった。特徴のない中年男性である課長には、セカイ系のヒロインは荷が重すぎる。

聞部が課長の言葉と異常気象に関連があると考えたのは、過去にも似たようなことがあったからだ。

六月の梅雨の時期、今年は特に雨が多く、一ヶ月近く晴れ間を見ることがなかった。

『こんなに雨ばっかりだと、イスからカビが生えるね』

あのときも課長は真顔だった。つまり、冗談を言っているつもりはなかったのだろう。翌週、本当にカビが生えて部署が騒然となったとき、課長はひとりで笑っていた。カビが生えたのは課長のイスを含めた七つ。エアコンの風が当たらずに湿気がたまりやすい位置だったということになったが、七人の席はバラバラだったし、課長の席なんてエアコンの真下だ。

ビル管理の業者が空調を修理しにやってきても、原因はわからずじまい。その後オフィスに巨大な除湿機が複数導入された。

もしかしたら今も、あのときと同じことが起きている。

会社のカレンダーによれば今年の仕事納めは二十六日。管理職は今でも執念で出社を続けるように命じられているはずなので、課長はオフィスにいるはずだ。

会社に電話をかけると、やはり課長が出た。

「以前、十二月はものすごく暑くなるって言いましたよね？　あれは予言ですか？」

『ええ？　何言ってるの、そんなの冗談だよ』

翌日から、すべてが元通りになった。

出社するとオフィスには、いつも通りの課長がいた。自分の言葉が異変の引き金になっていることなど、気付いていないのかもしれない。

今日からまた気持ちを新たに仕事に取り組もう、という内容の当たり障りのない朝礼の最中に、地震が起きた。

「あ、揺れてる」

美智恵さんがぽつりと言った。

「まだ揺れてる。長い……」

『いやあ、大きいな。震度百くらいあるんじゃないか』

その言葉に驚いて課長を見る。課長の顔は笑っていなかった。

送られた画像で「ない本」をつくります。

画像提供者　@1V6a0CscXdJUmTE

空腹連峰

天佐仁
Amah o Kisa

夕菜文庫

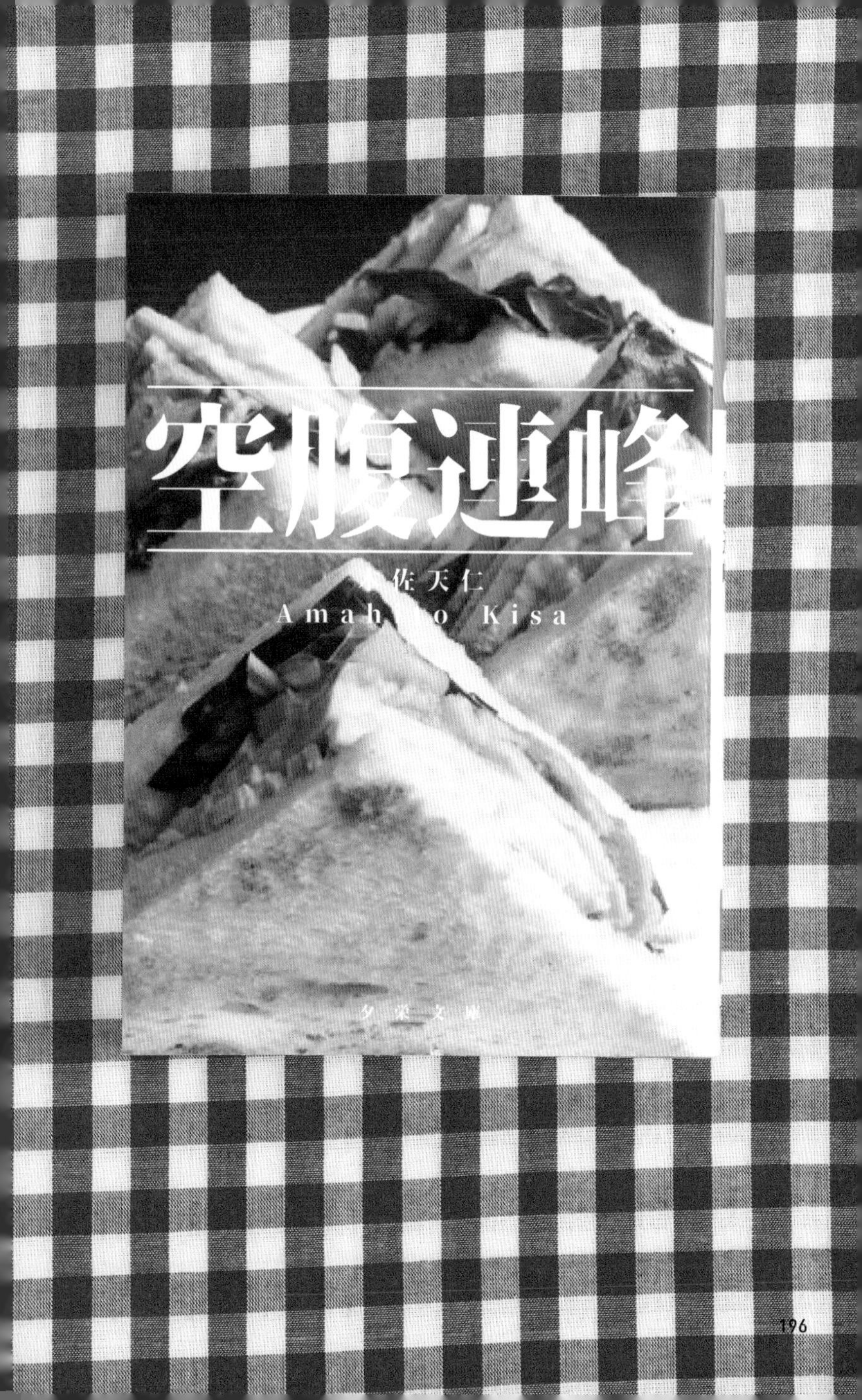

9A76549999000

12B4560005009

定価：本体714円（税別）

https://twitter.com/nonebook

FICT ￥714E

異変が起きたのは、気温が下がり雪虫が舞うようになった日だった。常軌を逸した量の丼を出すので有名な定食屋『サラダ亭』で一番カロリーが高いサラダ丼を完食する者が現れたのだ。しかも一人ではない。毎週木曜に四週間連続なのだ。サラリーマン風の男や水商売風の女など、風貌はバラバラだが、底知れぬ食欲は共通していた。彼らは一体何者なのか？　町をあげての調査が始まる。

木佐 天仁　Amahito Kisa

1989年、大阪生まれ。グループDNB所属。2002年『フゥ劇場の愉快な人々』で第一回全日本グローバルフィクションエッセイ大賞の最終候補になり同作でデビュー。底抜けに明るい作風で人気を博す。作家デビュー以前に、お笑いの養成所に通っていたことがあり、コントの脚本なども手がける。当時の芸名は「桃木三太夫」。同期には漫才コンビ「ミサイルボーイズ」「天満」やピン芸人の「オオニシトモヤ」などがいる。

夕栄社文庫
YOUEISYA BOOKS

空腹連峰

木左天仁

「完食できるはずないんだけどなあ……」

気温がめっきり下がって、冬を覚悟する時期に差し掛かったある日、商店街唯一の定食屋『サラダ亭』の店主、大野はしきりに首をひねっていた。

「たまたまだよ。たまたま」

答えたのはクリーニング屋だ。サラダ亭ではコーヒーも出しているので、商店街の連中が喫茶店代わりにたむろしており、この日も店主七人が顔をつきあわせていた。

「そんな偶然あってたまるか。だって、サラダ丼だぞ」

サラダ丼とは、サラダ亭の名物だ。その名に反して、カロリーの化け物のようなメニューで、両手じゃないと持てないサイズの丼に、これでもかと詰め込まれた白飯のうえに多種多様なおかずが乗っている。千円という価格にもかかわらず、生姜焼きにトンカツ、ハンバーグ、唐揚げ、店で出しているものを乗るだけ乗せたとんでもないメニューである。

単純計算で四～五人前はあるそれを平らげた客が現れたのだ。しかも立て続けに四人。

「やめちまえばいいんだよ。テレビ用にあんなもの用意しても、結局一回もこないじゃねえか」

乱暴な口調で電器屋が言う。

「それで、完食した客ってのは、どんなやつだった」

「最初はサラリーマン風の若い男で、ぺろりと平らげちまったもんだから、細いのにすげえなって感心して、記念の写真を頼んだけど断られちまった」

若い男なら、完食もあり得なくもないと思った。しかし翌週から異変が続いたのだ。

「次は化粧の濃い水商売風の女。その次はグレーのパーカーの地味な学生風の兄ちゃん。最後はなんと、セーラー服の女子高校生。この四人が順番に現れて毎回完食して帰って行くんだ」

大野の説明に店主連中も「たしかにおかしい」と首をひねりはじめた。

「あとをつけてみたら？」

提案したのは古本屋だ。こいつは昔から本ばっかり読んでいるせいか、発想が突拍子もない。

「できるわけないだろう」と笑い飛ばし、その日は解散となった。

サラダ丼を注文する客が現れるのは、決まって土曜の昼だ。

今週も現れたらどうするか、と身構えていたら本当に現れた。サラリーマン風の男だ。やはりサラダ丼を注文した。気になって厨房からチラチラと様子をうかがっていたが、他の客の注文をさばいているうちに、いつの間にか消えていた。

「かあちゃん、ちょっと店任せた！」

「はあ？　あんた何言ってんの？」

会計を終えて店を出た男を追って、思わず飛び出してしまった。

生まれて初めての尾行は拍子抜けするほど簡単だった。勝手知ったる商店街だ。隠れる場所ならいくらでも把握している。土地勘を活かして後をつけ、アパートの一室に消えていく男の姿を見送った。

古本屋め、こんなことに何の意味があるんだ。疑問に思いながら、同じことを三回繰り返した。万が一通報されたら言い訳できないと覚悟したが、見つからずに済んだ。実際のところ、四回目の尾行は尾行とも呼べない代物だった。行き先の見当はついていたからだ。四回ともすべて結果は同じ。彼らは全員、同じアパートに帰って行ったのだ。

あいつら一体何者だ？

おそるおそるチャイムを鳴らす。こうなりゃやけだ。本人たちに聞くしかない。

「サラダ丼を食える奴が、そう何人もいてたまるか」

アパートのドアが開き、出てきたのは大学生風の男だった。

「はーい」

仕事着のまま店を出てきてしまった大野を、不思議そうな顔で見ている。数回通っているとはいえ、定食屋の亭主の顔など覚えていないのか。部屋の奥にはサラリーマン、水商売、セーラー服の三人も揃っていた。

「あっ、サラダ亭のおっちゃん」

水商売風の女が大野の顔を見て声を上げた。

「サラダ丼！」

三人が囲んでいる食卓のうえにはサラダ丼だったものが置かれている。今日はセーラー服が来て食べて帰ったはずだ……。

「似てねえ兄妹だな」

事情を聞いた大野は感想を漏らした。

聞くところによると、四人は順番にサラダ丼を注文しては、食べたふりをして机の下でタッパーに入れて持ち帰っていたという。四人前のものを四人で分けて食べていたのだ。完食できて当然である。

兄妹は夏頃引っ越してきた。まだ高校生の妹も含めて兄妹だけで生活を始めようというのだ、それなりの理由があるはずだ。

「うえの二人は働いてるんだろ。それでも苦しいのか」

「奨学金の返済があるから……」

「なんだ、奨学金ってのはそんなにきついのか」

四人全員が頷いた。休日にもかかわらず制服を着ているほどだ。よほどなのだろう。

「わかった。じゃあもうサラダ丼はやめる」

四人の顔が絶望で暗くなった。しかし、外食ができず週に一度の楽しみだったというサラダ丼を、ただ奪うことはできない。

「その代わりハンバーグ定食でも生姜焼き定食でも、次からは好きなもんを食わしてやる。一人二百五十円！」

四人の表情がパッと明るくなる。

セーラー服の末っ子が嬉しそうに言う。

「じゃあ私、サンドイッチの方がいい！」

送られた画像で「ない本」をつくります。

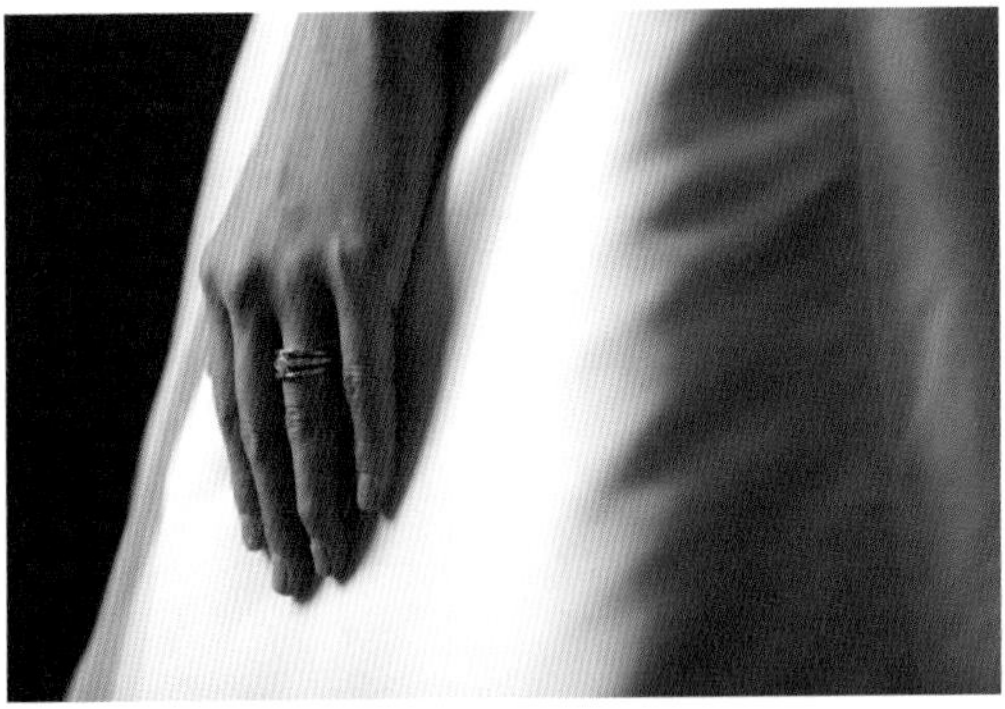

画像提供者　@coroQ_happytime

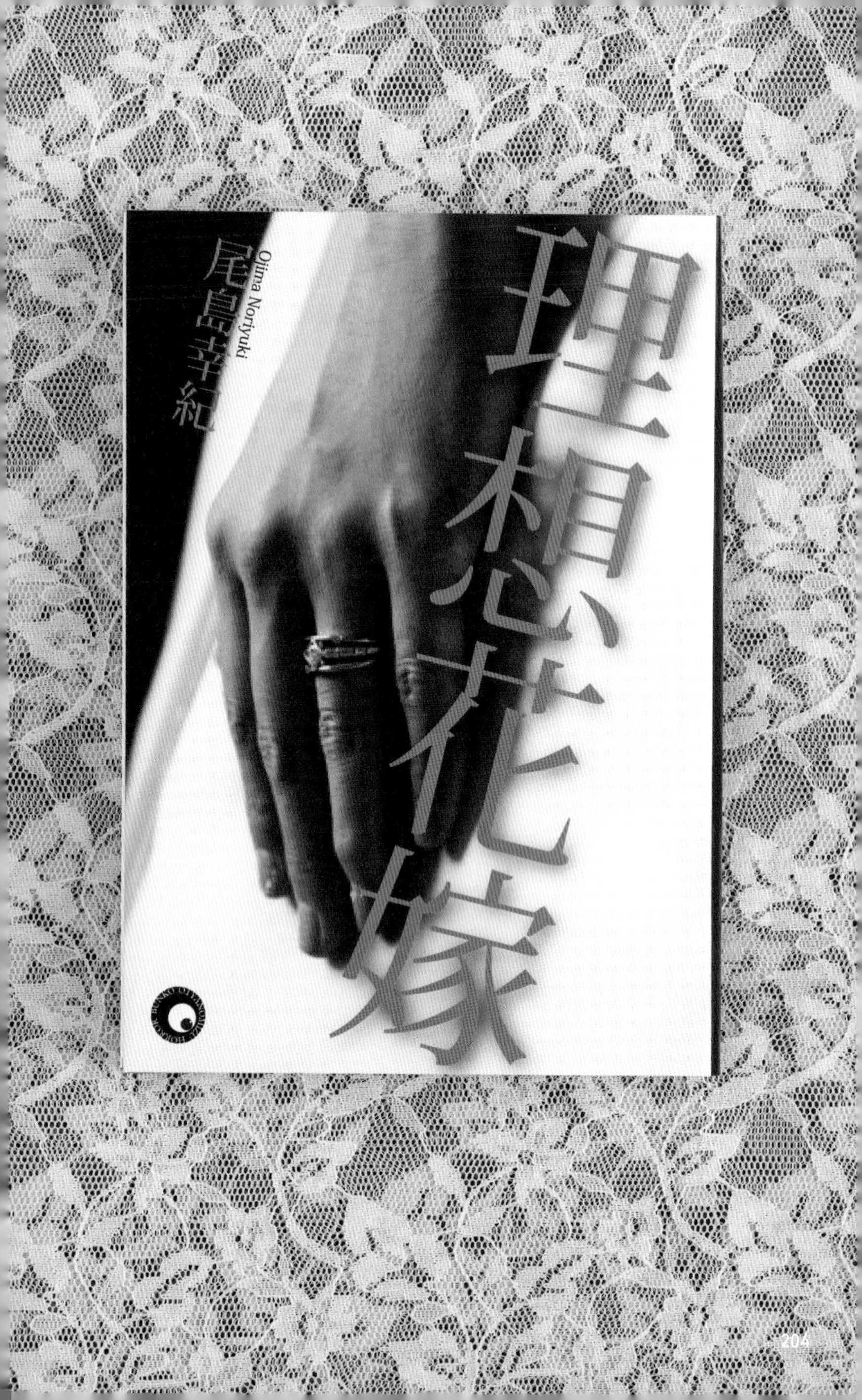
理想花嫁
尾島幸紀
Ojima Noriyuki

9A76549999000
12B4560005009
定価：本体714円（税別）
https://twitter.com/nonebook
FICT ¥714E
結婚相談所に登録した四十路男・花道大介。「当サービスではどのような希望も叶えることが可能です」。言葉通り、身長・体重・容姿・性格・食の好み・住みたい街まで全て希望通りの女性を紹介された。結婚生活のなかで強い違和感を抱いた花道は相談所の地下に案内され、培養された肉の塊に直面する。「それでも俺は妻を……」造られた生命との新婚生活が始まった。新感覚ホラー第二弾。

尾島 幸紀　**Yukinori Ojima**

1972 年愛知県生まれ。膝掛大学炒飯学部を卒業後、食品会社に勤務。1992 年『ぜんぶサンタクロースが悪い』で小谷美奈子ラブ＆ホラー賞を受賞しデビュー。『理想臓器』から始まる＜理想シリーズ＞は各種ランキング企画に上位ランクインし、シリーズ第２作『理想花嫁』は映画化もされベストセラーに。今もっとも期待されるホラー界の旗手。

理想花嫁

尾島 幸紀

1

理想の花嫁をあなたに。

そんな惹句にまんまと騙されたわけではない。俺が『幸福クリエイション』なる怪しげな結婚相談所を訪れたのは、同僚の松岡の強い薦めがあったからだ。

「お前もそろそろ結婚くらいした方がいいぞ」

つい最近まで一生独身だと嘆いていた松岡が、突然「結婚した」と言い出した。上司も同僚も急な報告に驚くばかりで、最初はたちの悪い冗談だと疑っていた。

しかし松岡は真剣で、どうやら本当らしいと判明すると、職場にもう一度衝撃が走った。

松岡はいいやつだ。だがその魅力が伝わるのには時間がかかる。「気になる人がいる」とか「恋人ができた」とか、そうした話を俺にすらせず、一足飛びに結婚を決めたことが意外で、シヨックだった。

式は挙げずに籍だけいれたそうだ。自慢したくてしかたのない松岡に見せられた写真にうつっていた女性は、とても素敵で、その隣で笑っている松岡は幸せそうに見えた。

七年前に恋人と別れて以来、異性と二人きりで食事する機会すらなかった。このままでいいと思っていたが、松岡の緩んだ笑顔は考えを覆すのに十分過ぎるほど説得力があった。

2

「幸福クリエイションへようこそ」

俺の担当だという執事のような格好をした担当者に、内心でバトラーというあだ名をつける。あだ名づけは、人の顔と名前を覚えられない自分なりの工夫だ。ちなみに松岡のあだ名はモジャである。

案内されたソファーは高級で、座り心地も格別だった。内装にも金がかけられており、高級ホテルのロビーのようだ。雑居ビルの三階の中がこうなっているだなんて、誰にも予想できないだろう。

「どのようなお相手をご希望されますか？　希望はすべておっしゃってください。遠慮や妥協の必要は一切ございません」

これといって好みがあるわけではない。かつて付き合った三人の女性を思い浮かべても、共通点は見つからなかった。年上もいれば年下もいたし、髪の長さや色や服装の雰囲気などもバラバラだ。

それでも話を続けていくうちに、ある程度カタチが見えてきた。身長や体型などの容姿の理想。趣味や嗜好、性格の理想。うまくやっていける人なら誰でもいい、なんて思っていたが、プロの手に任せてみると、いろいろとでてくるものだ。

バトラーはうまく俺から条件を聞き出しながら、手元のタブレット端末に入力していく。

「では、二週間後までにご用意いたします」

てっきりその場で検索して案内してくれるのかと思っていた。それを伝えると「そこまでの技術はワタクシドモにはとても」と笑われてしまった。結婚を焦りすぎて周りが見えていないように思われたかもしれない。

3

二週間の待ち時間は冷静になるのに十分だった。落ち着いて自分を客観視すれば、理想の相手の条件なんてよく言えたものだ。バトラーと再び顔を合わせるのは、ちょっと恥ずかしい。彼は親や友人も知らない、自分の異性の好みを知っているのだ。

「お待ちしておりました」

バトラーは何事もないように俺を出迎えてくれた。さすがプロ。慣れている。

「お相手も、すでにそちらに」

聞けばすでに相手が待っているという。想像以上にスピーディーな展開だ。そんなの聞いていなかったから普段着だし、心の準備もできていない。

バトラーに抗議をしようとしたそのとき、彼女が視界に飛び込んできた。

「はじめまして」

一目でわかった。この人だ。あだ名をつける必要などない。彼女の周りだけ明度と彩度が高い。輝いてみえる。なんだこれは、これが一目惚れというやつか?

黒髪のボブ。切れ長の目は知的な印象を与えるが、笑うとぐっと親しみやすくなる。肌は透き通るように白く、黒いセーターがそれを引き立てている。身長は百六十センチを少し超えるくらい。手足がすらっと伸びているので、実際よりも背は高くみえる。

すべてが理想通りだ。

唯一、伝えた理想と違っていたのは、顔に目立つホクロがあることだ。左目の真下、ほほの中央にホクロがあるが、だからなんだというのだ。むしろミステリアスさを醸し出していて魅力が増している。

「何が起きてるんですか？」

混乱する俺を置き去りにして、バトラーは去って行った。

「あなたのお相手です。では私は今日はこれで」

あとは若いふたりで、というやつか？

「よろしくお願いします」

狼狽える俺を見て、クスクスと笑う姿もかわいかった。

「よ、よろしく、お願いします」

それからは夢のような時間を過ごした。俺の拙いデートプランでも、彼女は文句も言わずに楽しんでいる様子だったし、何よりも俺自身が途方もなく楽しかった。こんなの生まれて初めてだ。

あっという間に結婚を決める。

バトラーに報告しに行くと、成功報酬として豪華な結婚式を挙げるのと同じくらいの料金が提示された。しかしこの出会いに比べたら、金なんて取るに足らないものだ。

理想の結婚生活が始まった。

4

異変が起きたのは、結婚から半年経ったころだった。

一緒に生活をするのだ、食の好みが違ったり、快適に感じるエアコンの設定温度が違ったり、些細なことで喧嘩をする予想も覚悟もしていた。しかし、妻の好みはすべて俺と合致していたし、理想通りの心地よい生活だった。

異変とは、そうした一般的な夫婦に起こるすれ違いではない。

妻の身体のことだ。顔のホクロが赤くなったと思ったら、一週間後には青色になり、四週間後に緑色になった。何度も医者に診せるべきだと訴えたが、それだけはできないと拒絶されてしまった。

モジャに相談したら、幸福クリエイションを頼るべきだと言われた。

「アフターフォローもやってくれるぞ」

医者でもないのに、どうにかできるとは思えない。半信半疑ながらも、予約をとってバトラーに相談すると、彼の顔色が変わった。

「不具合ですね。交換しますか？」

「交換？」

耳を疑った。妻を、交換？

「松岡さまからお聞きになっていらっしゃらないのですか？」

俺の反応が予想外だったのだろう。バトラーの表情が暗くなった。

「申し訳ございません。非常に重要な説明が抜けていたようです」

案内されたのは、ビルの地下だった。清潔で豪奢だった三階とは違い、コンクリートがむき出しで湿っぽく薄暗かった。

「あなたの奥様の、ふるさとです」

ふるさと。そのあたたかな響きとはかけ離れた光景に、言葉を失う。

「……だって、これは」

培養液と肉の塊。悪夢のような光景だ。現代の技術でこんなことが可能なのか？

「ワタクシドモ幸福クリエイションは、人造生命による結婚相手の創造を請け負っております」

バトラーの説明によると、広告も頻繁に流していて、徐々に一般への知名度も増しているという。人工生命実用化のニュースは何度か耳にしたかもしれないが、まさか、自分の妻が……。

「交換というのは？」

「出来損ないを廃棄して、新しいものをお造りいたします」

口調こそ丁寧だが、内容は想像を絶するものだった。

「ご安心ください。記憶以外はすべて同じものが出力されます」

それはつまり、一緒に見た映画も、喫茶店で二時間ずっと話し続けた思い出も、公園でキスをした思い出も、何もかも消えてしまうということか？

「今回はこちらの不手際が重なっているため、全額返金のうえキャンセルか、交換かお選びいただけますが、どうなされますか？」

そんなのどちらも選ぶわけがない。出自はどうあれ、俺は妻を愛しているのだ。

だが、ひとつだけ怖いことがある。

もしこの程度じゃない不具合が起きたり、何かのきっかけで愛が薄れてしまったりしたら、廃棄や交換を考えずにいられるだろうか。

……いや、そんなことは起こらない。絶対に起こらない。

だから、今日は家に帰ろう。

愛する妻が、待っている。

ない本

9A76549999000

12B4560005009

定価：本体714円（税別）

https://twitter.com/nonebook

FICT ￥714E

ない本 @nonebook

ない本

本を読まなくなったのは、いつからだろう。

幼稚園のころは、怖い本を読んで一人で寝るのが怖くなった。

小学生のころは、毎月のおこづかいで本を一冊だけ買って、それを繰り返し読んだ。

中学生のころは、市営の図書館に入り浸って面白そうな本を片っ端から読んでいた。

高校生のころは、運動部ばかりで文化系の部活がないことに絶望していた。

大学生のころは、念願の文芸サークルに入って、生まれて初めて仲間ができた。

そして今、私は本が読めなくなった。

別に嫌いになったわけではない。

ただいつの間にか、書店に足を運ぶ回数が減り、本を開く回数が減った。いつもカバンに一冊本が入っているのは、あのころと同じだけれど、いつまでも同じ本が居座って、なかなか入れ替わらなくなってしまった。

「それなら、いい場所がある」

文芸サークルの同期だった千秋とひさしぶりに会ったとき、最近本を読めていないと相談したら、「いい場所がある」と教えてもらった。

千秋はずいぶん飲んで、呂律は怪しくなっていたが、あの頃と変わらない丸い文字で行き方をメモして渡してくれた。

自宅から三回の乗り換えと二十五分の徒歩移動。時間こそかかったが、メモは正確で、迷わずにたどり着けた。

住宅街の一角にあるその店は、白い壁に焦げ茶色の木製ドアが設えられていて、窓はないので中の様子はわからない。ドアの横の看板には『内本工房』と書いてある。

「うちもとこうぼう？」

書店か案内所のようなものと聞いていたので、少し戸惑ってしまう。

私はSFが好きで、千秋は時代小説ファン。それでも一番大事な、本が好きという部分は一緒だったし、何かと波長があった。そんな千秋の言うことなので、期待外れになる心配はしていない。

上部がアーチになっている木製ドアには、営業中と『本、つくります。』と書かれた札が下がっていた。

勇気を出して、えいやっとドアを開ける。まだ日も高いのに、店内は薄暗い。やはり書店には見えない。カウンターが設えられており、丸いイスの客席がふたつだけ。カウンターの中には店員らしき人影があった。

少し長い前髪の男性は、青年と呼ぶより少年と呼ぶのが相応しいように見えた。おそらく十代後半、二十歳は超えていないだろう。すっと通った鼻筋と絹のような肌は、ゾクッとするくらいキレイだった。

「いらっしゃいませ」

見た目よりもずっと落ち着いた声で、少年は席に座るように促してきた。名札を探したが胸には何もついていない。彼が内本さんなのだろうか。

「あの、ここに来たら、読みたい本が見つかるって聞いてきたんですけど」

「ええ」

澄ました顔で答えられると、慣れない場所に来てソワソワしているのが恥ずかしくなってきた。

「こちらを」

カウンターのうえに置かれた紙を見る。希望するジャンル、文体、など、小説の好みが記入できるようになっていた。

「ご記入と、写真を一枚お願いします」

「写真?」

「物語が生まれるには、インスピレーションが必要です。そのためのものです」

さっぱりわからないが、言われたとおりにケータイ端末から写真を選び、データを送る。

『送られた画像で、ない本をつくります』

自動で返信されたメールの文言以上の説明もないまま、少年はカウンターの奥にある扉の向こうへと消えていった。なんとなくケータイを見る気にもなれず、落ち着かない気持ちのまま店内で待つ。

よく見るとカウンターの奥にある棚に本が並んでいる。薄暗くてわかりにくいが、どの本にも背表紙がない。カバーがかかっていないようだ。

「お待たせしました」

奥から少年が姿を現した。手には一冊の文庫本。

「ご注文の品です」

そつのない身のこなしで注文した本が差し出だされる。表紙を見て驚いた。さきほど私が送った写真の一部が使われている。

店名の通り、奥には本当に工房があって、職人さんがいるのだろうか。

しかし、数分で作れるようなものとは思えない。きちんと製本されているし、著者や出版社の名前も記されている。見た目は書店で売られているものと変わりなかった。奥付を確認すると、知らない地域の住所が記載されている。

あまりのことに、もしやあの扉は異世界に繋がっていて、そこの図書館から持ち出してきたんじゃないか、なんて考えてしまったが、あまりに妄想じみているので、口には出さない。目の前の美少年に笑われたら、と思うと何も言えなくなってしまったのだ。

「あの、おいくらですか？」

何が起きたかわからないが、私のために用意してくれたのなら、対価は払わなければならない。三万円くらいは財布に入っているはずだけれど、それで足りるかしら。

「いいえ、お代はいただいていないんです」

目を白黒とさせていると、退店を促された。もう用事は済んだだろう、ということか。

「ありがとうございました」

文庫本を抱えて店を出る。

すっかり混乱している頭に、外の空気がやけに気持ちよく感じられた。すべて夢だったんじゃないか、と不安になって手の中の本を確認する。大丈夫、消えていない。

ジャンルはＳＦ。オーダーは子供のころのようなワクワクを感じられる本。

添えた写真は、家族で海水浴に行ったときのもの。どういう仕組みになっているのか、それが表紙になっていた。まだあらすじしか読んでいないがわかる。

この本ならきっと、ひさしぶりに楽しく読めるはず。

だってこれは、私のための本だ。

おわりに

ひとりで本をつくれるようになりたかった。

物語だけでなく全てを自分でつくれたら、と考えたことがある。

しかし本書をつくるにあたっては、多くの人の力を借りた。

フォトグラファーの市川勝弘さん。

三〇冊近く撮影する際、アイディアと技を凝らして魅力的に写していただいた。写真に収められた瞬間に『ない本』は模造品ではなく作品になった。

デザイナーの荒井雅美さん。

「違う版元の文庫という設定なので、本文の組み方も変えられませんか?」と案をいくつか送ったら、その数倍戻ってきた。プロの仕事に慄いた。

そして本書のタイトルも、偉大なる先人クラフト・エヴィング商會『ないもの、あります』からの本歌取りだ。

本はひとりでも楽しめる。だけど、つくるのは難しい。

『ない本』を発掘し、一冊の本にするまで様々なご尽力をいただいた編集者の大野洋平さん、関わった全ての人、そしてこの本を手に取ってくれたあなたに、最大級の感謝を。

[著者]
能登 崇（のと・たかし）
1991年北海道帯広市生まれ。武蔵大学経済学部卒。在学中は明治大学ミステリ研究会に所属。家電量販店の販売員、WEBライター、キッチン雑貨店の販売員、会社員を経て、2018年にTwitterアカウント「ない本@nonebook」を開設。本書が初の単著となる。

ない本《ほん》、あります。
2021年4月5日　第1刷発行

著　者　能登《のと》　崇《たかし》
発行者　佐藤　靖
発行所　大和《だいわ》書房
東京都文京区関口1-33-4
電話　03-3203-4511

装幀　能登崇
写真　市川勝弘
本文デザイン・DTP　荒井雅美（トモエキコウ）
本文印刷所　廣済堂
カバー印刷　歩プロセス
製本　ナショナル製本
編集担当　大野洋平

ISBN978-4-479-39334-4

http://www.daiwashobo.co.jp